Langenscheidt

Summercamp Mystery – Rätsel im Ferienlager

von Dagmar Puchalla

Langenscheidt

Lektorat: Maren Giering-Desler
Englischsprachiges Lektorat: Charlotte Collins
Illustrationen: Anette Kannenberg
Umschlaggestaltung: init.büro für gestaltung, Bielefeld

Dagmar Puchalla studierte Theaterwissenschaften, absolviert eine Schauspielausbildung und arbeitete viele Jahre als Schauspielerin. Schon bald verfasste sie mit Ihren Kollegen erste Texte für die Bühne, später schrieb sie Drehbücher für die Sesamstraße und Geschichten für das Deutsche Museum. Seit der Geburt ihrer Tochter 1993 hat sie sich immer mehr dem Schreiben und dem Unterrichten gewidmet. Zurzeit ist sie als Dozentin an der Hochschule für Musik und Theater in Hamburg tätig und leitet die Abteilung „Sprecherziehung“ an der Leuphana-Universität in Lüneburg.

www.krimis-fuer-kids.de
www.langenscheidt.com

3. Auflage 2020

Satz: Franzis print & media GmbH, München
Druck: Druckerei C. H. Beck, Nördlingen

ISBN 978-3-12-563263-9

Inhalt

Warum denn zweisprachig?

Vielleicht haben Sie sich gefragt, warum Langenscheidt zweisprachige Lektüren für Kinder anbietet? Schließlich vertreten doch Pädagogen die Meinung, dass Schüler beim einsprachigen Unterricht am meisten lernen.

Was für den Schulunterricht richtig ist, gilt nicht unbedingt für Lektüren. Stellen Sie sich einmal vor, Ihr Kind lernt erst seit zwei oder drei Jahren Englisch und soll einen rein englischen Text lesen: Ein einfacher Text wird inhaltlich für Ihr Kind eher langweilig sein, weil man mit wenigen Vokabeln eben noch keine spannende Geschichte erzählen kann. Interessante Texte hingegen sind oft vom Vokabular und der Grammatik zu schwierig, sodass Ihr Kind nicht mitkommt.

Um Englisch für Ihr Kind leichter und spannender zu machen, sind unsere Lektüren daher zweisprachig.

Hauptfiguren unserer Lektüren sind immer deutsche Kinder, die aus einem bestimmten Grund mit der englischen Sprache konfrontiert werden, sie im Zusammenhang mit ihren Erlebnissen lernen und dabei durchaus auch Schwierigkeiten haben.

Die altersgerechte, fesselnde Handlung wird – aus der Perspektive der Hauptfiguren – auf Deutsch erzählt. Wenn diese sich aber mit englischen Kindern unterhalten, müssen sie natürlich Englisch sprechen. Die Dialoge sind daher auf Englisch.

Durch die Zweisprachigkeit wird Ihr Kind auf seinem Niveau abgeholt. Die Erfolgserlebnisse steigern die Motivation, wodurch wiederum das Lernen der neuen Wörter und Wendungen erleichtert wird.

Von all diesen Überlegungen bekommt Ihr Kind aber nichts mit. Es liest die Lektüre einfach mit Spaß und lernt ganz nebenbei, dass Englisch gar nicht so schwer ist.

On the Road to Nowhere

Der macht mich noch ganz verrückt, dachte Janina und schaute an ihrem Bruder Moritz vorbei durch das Fenster in die englische Landschaft hinaus. Moritz war so was von schlecht gelaunt! Sie dagegen befand sich in allerbester Stimmung. Ohne Eltern verreisen, das war doch einfach das Größte! In ihrem Bauch kribbelte es vor Aufregung, seitdem sie in den Flieger nach England gestiegen war. Ihre Eltern hatten sich in nicht enden wollenden Zeremonien verabschiedet, Tränen in den Augen; sie blieben in München, um alles für ihren Umzug nach London vorzubereiten. "Mir geht es gut, mir geht's fantastisch, mir geht's so gut wie nie zuvor", trällerte sie provozierend in Richtung ihres kleinen Bruders. Von Moritz wollte sie sich ihre Vorfreude auf keinen Fall verderben lassen.

Moritz verzog sein Gesicht zu einer Grimasse. Die spinnt mal wieder, dachte er entnervt. Moritz, genannt Mo, war nur knapp zwei Jahre jünger als Janina, aber das ließ sie ihn gerne spüren. Ganz besonders liebte sie diese Spielereien mit seinem Namen. Mo reimte sich auf Klo, auf roh, auf Floh, auf soundso und sowieso … und zu jeder Gelegenheit gab es eine Bemerkung in

---

road Straße
nowhere nirgendwo

diese Richtung. Wenn sie gut gelaunt war, schrieb sie auch schon mal ein Gedicht für ihn. "Wenn ich einmal einsam bin, und das Leben macht kein' Sinn, geh ich einfach mal zum Klo, denn da sitzt mein Bruder Mo. Mensch, was macht der auf dem Klo? Hey, der spielt mit einem Floh, so was macht der kleine Mo, und dann bin ich wieder froh. Dabedabedabedo." Mo fand das meistens gar nicht lustig. In manchen Situationen konnte sie ihn allerdings auch aufmuntern, und immer wenn es darauf ankam, hielten sie zusammen.

Aber jetzt war er überhaupt nicht gut auf sie zu sprechen. Er war nicht einmal gefragt worden, ob er mit seiner Schwester in einem Feriencamp irgendwo im englischen Niemandsland drei Wochen im Zelt verbringen wollte. Seine Mutter hatte es einfach beschlossen! "You'll love it, I **promise**. And I **bet** you'll be sad when it's **over**. So **stop** being so **pig-headed**", hatte sie ihm freudestrahlend prophezeit. Zu Hause wurde oft Englisch geredet, denn die Mutter von Moritz und Janina war gebürtige Engländerin. Normalerweise vertraute Mo ihr – aber dieses Mal glaubte er ihr nicht.

---

promise verspreche es
bet wette
over vorbei
stop hör auf
pig-headed dickköpfig

Außerdem war er traurig, weil sie nach den Ferien nach London ziehen würden, weg aus München, weg von seinen Freunden, weg von seinem Fußballverein. Was sollte aus denen nur werden, ohne ihn? Mo seufzte und stierte auf die vorübergleitende Landschaft, die nur aus endlosen knallgrünen Hügeln zu bestehen schien.
Ein Betreuer namens Giovanni – das klang nicht besonders englisch, fand Mo – hatte sie gut gelaunt mit einem alten, klapprigen Kleinbus vom Flughafen abgeholt und kutschierte die sechzehn Kinder pfeifend durch die englische Pampa. Mo schielte zu seiner Schwester, die sich immer wieder neugierig umdrehte. Warum ist Janina nur so neugierig?, dachte er und fischte seinen Gameboy aus der Jackentasche. Eigentlich hatten sie ja keine Wertgegenstände mitnehmen dürfen, seine Mutter hatte die Taschen noch daraufhin kontrolliert. "I don't want you to take any **electronic equipment** with you. It **might get lost**, or **even stolen**." Aber Mo hatte seinen Gameboy gut versteckt.
Janina kniff ihn in den Oberschenkel. "Hey! Hast du das einfach mitgeschmuggelt? Was machst du, wenn ich's Mum verrate?", flüsterte sie lauernd.

---

electronic equipment elektronische Geräte
might könnte
get lost verloren gehen
even sogar
get stolen gestohlen werden

“Na und? Ich wette, du hast auch irgendwo irgendwas versteckt, oder?”, fragte er herablassend. Er wusste genau, dass Janina sowohl ihren iPod als auch ihr Handy eingesteckt hatte. Er hatte sich gehütet, sie daran zu erinnern, dass sie beides ab und zu aufladen musste. Und er hatte wohlweislich ein Ladegerät eingepackt. Es ist ja nicht übel, wenn große Schwestern ab und zu von ihren Brüdern abhängig sind.

Janina schaute sich wieder und wieder um. Im Bus saßen lauter Kinder in ihrem Alter, einige älter, einige jünger. Sie war aufgeregt. So viele neue Leute! Janina zog ihr Tagebuch hervor und notierte ihren ersten Eindruck.

“Tag Eins. Ankunft am Heathrow **Airport**. Giovanni, unser Betreuer, holte uns ab. Sieht nett aus, scheint Humor zu haben. Schöne dunkelbraune Augen hat er. Wetten, dass er Italiener ist? Die Leute hier wirken auch ganz okay. Manche scheinen sich schon vom letzten Jahr zu kennen, manche kennen niemanden und gucken einsam in die Gegend. Ich bin sicher, ich finde eine Menge Freundinnen hier, und ein paar Freunde vielleicht auch. Manche Jungs sehen ganz brauchbar aus.”

Janina kicherte und klappte ihr Buch wieder zu.

---

airport Flughafen

Janina war einfach guter Laune: Ferien ohne Eltern und danach der Umzug nach London. Sie freute sich darauf, mit ihrer Familie am Ende der Ferien nach England zu ziehen. All ihre Freunde und Freundinnen würden sie dort besuchen kommen, denn London war eine echt coole Stadt.

Moritz schreckte von seinem Gameboy auf, als es aus den Lautsprechern knarzte. Giovanni hatte ein altes Mikrofon in der Hand und pustete hinein. Mo hielt sich die Ohren zu.
"Hello and **welcome** to our **journey** through the beautiful English countryside. **We're heading towards** 'Emma's Land', **near** the **border** with Wales. Emma, as **some** of you **already** know, is our **fantastic cook** and the **boss** of our **camp**, so **you'd better** be nice and friendly to her." Giovanni grinste.

---

welcome willkommen
journey Reise
are heading towards fahren in Richtung
near in der Nähe von
border Grenze
some manche
already schon
fantastic fantastisch
cook Koch, Köchin
boss Chef(in)
camp Lager
you'd better ihr solltet lieber

Einige im Bus lachten und sangen, "Emma, we like you, Emma, we love your food – Emma, we **miss** you, because your food is so good!"
Emma, die Chefin und Chefköchin des Feriencamps, scheint also ziemlich beliebt zu sein, stellte Mo erleichtert fest. Im ersten Moment hatte er sich eine drachenähnliche ältere Dame vorgestellt, die ständig an ihnen herumnörgeln würde, so wie seine Klassenlehrerin.
"As you **all** know, you'll be living in tents, and I'd like to explain some of our rules. So please **listen carefully**."
Mo packte seufzend und unter lautem Geraschel seinen Gameboy wieder weg. Typisch Erwachsene, die Regeln kamen natürlich zuerst.
Janina stieß ihn zischend an. "Pscht! Sei doch mal still, ich versteh sonst nichts."
Mo zuckte nur die Achseln. "Wir werden das bestimmt mehr als einmal zu hören bekommen." Wichtige Regeln erklärten die meisten Erwachsenen doch mindestens dreimal.

---

miss vermissen
all alle
Listen carefully. Hört gut zu.

"**First of all, there are** always four people in **each** tent."
Unmutsäußerungen wurden laut. Moritz bekam leichte Panik. Vier Leute in einem Zelt – mit wem würde er wohl drei Wochen lang so eng zusammen sein? Er schaute über seine Rückenlehne nach hinten.

Janina dachte, ihr Trommelfell würde platzen, so laut schepperten die Lautsprecher. "Boys and girls are in **separate** tents, of course!", lachte Giovanni ins Mikrofon. Von überall her erschallten Protestrufe. Janina fand alles unglaublich aufregend. Die ersten Ferien ohne Eltern würden garantiert einfach nur super werden.
"My name is Giovanni di Calzone, my family is from Italy, and I'll be one of your **group leaders during** your **stay**. So **if** there are any problems, don't **hesitate** to ask!"

---

first of all erstens
there are es sind
each jedem
separate getrennt
group leaders Betreuer(innen)
during während
stay Aufenthalt
if wenn
hesitate zögert

Janina grinste in sich hinein, sie hatte doch gewusst, dass er Italiener war! Giovanni konzentrierte sich für eine Weile wieder ganz auf das Fahren des ziemlich klapprigen Busses. Die Straße machte viele Kurven und Janina wurde ein wenig übel. Zum Glück ging es bald wieder geradeaus.
"**Now**, how do we **decide** who **shares** a tent? Any ideas?", fragte Giovanni.
"**No idea!**", grölte der halbe Bus – die andere Hälfte wusste vermutlich schon, wie die Auswahl für die Zeltbelegung getroffen wurde. Janina hatte keine Ahnung.
"**Well**, you can **count**, **can't you?**", rief Giovanni.
"No, we can't, **sir**, we're on holiday!", antwortete ein Junge aus der hintersten Reihe.
Janina drehte sich um und erblickte einen nett aussehenden Jungen mit frechen, funkelnd blauen Augen. Er zwinkerte ihr zu und sie musste kichern.

---

now nun
decide entscheiden
shares sich teilt
No idea! Keine Ahnung!
well also
count zählen
can't you? nicht wahr?
sir Herr

Alle lachten, auch Giovanni. "Well, Steven, we'll **just have to test** your **mathematical skills** when we **get there**. One thing's **for sure**: it's not **guaranteed that** any of you will be in a tent with your best friend. We want you to make new friends **as well**. You'll find out your **groups** when we get to Emma's Land."
Das gefiel Janina. Man durfte sich nicht selbst aussuchen, mit wem man ein Zelt teilte. So gab es niemanden, der nicht gewählt wurde.
Giovanni machte eine Pause, weil er einem entgegenkommenden LKW ausweichen musste. Er hupte, und der altersschwache Bus gab einen kläglichen Laut von sich, der Janina an einen quakenden Frosch erinnerte.

"Now listen again carefully, please", fuhr Giovanni schließlich fort. "We**'ve got a couple of** rules in our

---

just einfach
have to müssen
test prüfen
mathematical skills Mathekenntnisse
get there dort ankommen
for sure sicher
guaranteed garantiert
that dass
as well auch
groups Gruppen
have got haben
a couple of ein paar

camp. Rule **number** one: **no** fires in the tents. We have a **spot** at the camp for a **campfire**; you can use it if you want to, but always **make sure** that the fire is **completely out before** you **leave** it. It can be very dangerous – the wind might **blow** a **spark** towards a tent and it might catch fire." Giovanni machte eine bedeutungsvolle Pause und schaute in den Rückspiegel. "**Everybody got that?**"
Natürlich war Janina klar, dass man in einem Zelt kein Feuer benutzen durfte. Das war doch logisch!
"What **else**?", fuhr Giovanni fort. "Who knows what else is not **allowed** in the tents?"
Ein rothaariges, schüchtern wirkendes Mädchen meldete sich zu Wort. "Food!"
Janina runzelte die Stirn. Wieso durfte man kein Essen mitnehmen? Aber Giovanni war über die Antwort be-

---

number Nummer
no kein
spot Stelle
campfire Lagerfeuer
make sure achtet darauf
completely ganz
out aus
before bevor
leave verlasst
blow wehen
spark Funke
Everybody got that? Habt ihr das alle kapiert?
else noch
allowed erlaubt

geistert. "**That**'s right, Elizabeth", rief er. "And why? I **mean**, why don't we want you to have any food in your tents, **especially open** bags with lots of **titbits**?"
Janina hatte eine Idee und meldete sich. "Is it because ants or **other** insects might come into the tent?"
Giovanni lachte und schlug mit der flachen Hand auf das Steuer. "**You hit the nail on the head! You're absolutely right**, **my dear**! What was your name again?"
Janina fühlte, dass sie rot wurde. "Janina", antwortete sie schnell. Alle Blicke waren auf sie gerichtet.
"**Well done**, Janina. **Have** you ever **had** ants in your **sleeping bag**? It's not easy **to get to sleep**, I can

that das
mean meine
especially besonders
open offen
titbits Leckerbissen
other andere
You hit the nail on the head! Du hast den Nagel auf den Kopf getroffen!
absolutely vollkommen
You're right. Du hast recht.
my dear meine Liebe
Well done. Gut gemacht.
have had hast gehabt
sleeping bag Schlafsack
to get to sleep einzuschlafen

tell you!" Er prustete laut los, es dauerte eine Weile, bis er sich wieder beruhigt hatte. Dann fuhr er fort. "So yes, Janina, rule number two is: no food in the tents. Let's see: what else can you think of?"

Moritz betrachtete seine Schwester von der Seite. Sie war ganz rot vor Aufregung. Fieberhaft schien sie darüber nachzudenken, was man in einem Zelt alles nicht anstellen durfte. Er fand das überhaupt nicht interessant, viel lieber hätte er gewusst, was man eigentlich durfte.
"No **alcohol**!", rief ein Junge direkt vor ihnen und drehte sich um. "I bet you", fügte er leise hinzu und grinste Moritz an. "**By the way**, I'm Simon. What's your name?"
Mit dem würde ich gerne in einem Zelt wohnen, dachte Mo sofort, als er in das freche Gesicht von Simon schaute. Ob man beim Durchzählen schummeln konnte? "My name's Moritz", antwortete er und grinste zurück.
"Wow, that doesn't **sound** English **at all**", stellte Simon neugierig fest. "Where are you from?"

tell sagen
alcohol Alkohol
by the way übrigens
sound klingt
at all überhaupt

"We're from **Munich**, in **Germany**", erwiderte Moritz mit einem Kopfnicken in Richtung Janina.
"Hey, that's **great**! So you eat **a lot of** sausages and **dumplings** and sauerkraut, do you?" Simon wartete die Antwort gar nicht erst ab, er war sich da wohl ganz sicher. "Is this your **twin sister**?", fragte er weiter.
Janina und Moritz sahen sich ziemlich ähnlich, besonders seitdem Janina ihre blonden Haare kurz geschnitten trug, aber Zwillinge? "No, no, we're not twins, but she is my sister."
Simon verzog die Mundwinkel fast bis zu den Ohren. "Well, you're not going to share a tent, you know that, don't you?"
Mo beugte sich vor und flüsterte Simon zu: "I know, and I'm very **glad**. Do you think you and I can share a tent?"
Simon strahlte ihn an und wisperte zurück: "Sure, I'll **arrange** it." Dann drehte er sich wieder um und rief:

Munich München
Germany Deutschland
great toll
a lot of ganz viel
dumplings Knödel
twin sister Zwillingsschwester
glad froh
arrange einfädeln

"No alcohol, no **cigarettes**, no **drugs** and no **sex**!" Alle lachten und redeten durcheinander. Auch Giovanni grinste breit vor sich hin, während er ein paar wirklich enge Kurven meisterte. "Absolutely right! And **what about** your clothes?", raunte er schließlich ins Mikrofon.
"Don't bring your **smelly** socks into the tent!", rief ein ziemlich hübsches blondes Mädchen.
Moritz grinste. Stinkende Socken in einem Zelt mussten wirklich schlimm sein für alle, selbst für den Sockenbesitzer.
"That's right, Amy!", rief Giovanni glücklich aus.
"Put them in your neighbour's sleeping bag!", kreischte ein anderes.
Das Grinsen von Moritz wurde breiter. Hier gab es tatsächlich ein paar richtig witzige Mädchen. Die Stinkesocken in den Schlafsack des Nachbarn stecken. Superidee!
"**Just you try it**, Kristin!", drohte Giovanni scherzhaft.

---

cigarettes Zigaretten
drugs Drogen
sex Sex
what about was ist mit
smelly stinkend
Just you try it! Wenn du das versuchst!

“Enjoy the sweet smell of **another human being**!”, grölte ein Junge, dem sein Pony fast bis auf die Nase fiel.
“I don’t think **anyone** wants to **try** yours, Matt!”, trompetete Giovanni.
“**Leave** your shoes outside!”, meinte ein anderer Junge großspurig.
“Thank you, Luke!”, bestätigte der Betreuer.
“Especially when it’s raining!”, ergänzte ein anderer lachend.
“That’s right, Dennis!” Giovanni nickte betont ernst.
“And especially if you**’ve just stepped** in dog **shit**!”, kicherte ein Mädchen mit langen dunklen Locken.
Moritz kam aus dem Lachen nicht mehr heraus. Der ganze Bus wackelte, so laut riefen und lachten alle durcheinander. Mo war beruhigt. Vielleicht würden die Ferien ja doch irgendwie ganz okay werden.

another anderen
human being Mensch
anyone jemand
try probieren
leave lasst
just gerade
have stepped getreten bist
shit Scheiße

Arrival

Mo hatte für Janina eine Reisetablette organisiert, denn ihr war doch noch so richtig übel geworden. Jetzt döste sie vor sich hin. Schier endlos erschien Mo diese Fahrt, vorbei an Schafen, Dörfern, wahnsinnig grünen Hügeln und Seen. Aber endlich war es soweit. Der Bus holperte einen schmalen Waldweg entlang und Giovanni klopfte auf das Mikrofon, sodass Janina aufschreckte.

"We'll be there **any minute**, **so get ready**!"

Erwartungsvoll schaute Mo aus dem Fenster, aber er sah nichts als Bäume. Der Weg zog sich wie eine endlose Schlange durch den Wald. Irgendwann hupte Giovanni wie verrückt, und der Weg endete vor einem Platz voller Zelte inmitten riesiger alter Bäume. Mit quietschenden Bremsen kam der Bus zum Stehen und alle stürzten hinaus. Mo folgte ihnen und überließ seine Schwester Amy und Kristin – den beiden mit der großen Klappe – die sie in ein Gespräch verwickelten.

"Wahrscheinlich reden sie über Reisekrankheiten oder Sockenprobleme", murmelte er grinsend.

---

arrival Ankunft
any minute jede Minute
so also
Get ready. Macht euch bereit.

Eine angenehme Wärme herrschte hier, die Luft war erfüllt vom Duft der Büsche und Bäume ringsum. Mo atmete tief ein, so tief hatte er noch nie geatmet. Er wunderte sich über sich selbst.
Plötzlich schlug ihm jemand auf die Schulter und er fuhr erschrocken herum. Vor ihm stand ein älterer Mann mit faltendurchzogenem Gesicht und einer unerhört großen Hakennase. Er erinnerte Mo an einen Adler. Neben dem Mann stand eine Frau. Sie sah rund und gemütlich aus, hatte ebenso viele Falten wie er – wenn nicht sogar noch mehr. Um ihre Haare hatte sie ein buntes Tuch geschlungen und überhaupt schien sie Farben zu lieben – alles an ihr war knallig.

Like a big painted pea, dachte Mo, wie eine große angemalte Erbse.
"Hello and welcome to our **paradise**. I **hope** you'll be happy here and enjoy your stay with us. I'm Paul, and this is my lovely wife Emma. And who are you?"
Moritz schluckte. Paul war so überschwänglich, und er brachte nur ein leises "I'm Mo from Munich" heraus.
Emma lachte. "From Munich, that's **wonderful**! I'll make a **Bavarian meal** one day for you and all the others."

---

paradise Paradies
hope hoffe
wonderful wunderbar
Bavarian bayerisch
meal Essen

Emma's Land

Mo lächelte zurück. Ob man auch soviel Aufhebens machen würde, wenn er aus Kassel oder Leipzig oder Buxtehude käme?
Hinter ihm tauchte Janina auf. "Hello, my name's Janina. I'm Mo's **elder** sister." Musste sie unbedingt betonen, dass sie älter war als er?
"Oh, I can see that you're brother and sister, **you look** so **alike**!", posaunte Paul und schlug Janina so kräftig auf die Schulter, dass sie ins Schwanken kam. Dann zogen Emma und Paul weiter, um auch die anderen Kinder zu begrüßen.
Während Giovanni die Rucksäcke und Taschen aus dem Bus hiefte, wurden die Ankömmlinge neugierig von den Kindern umzingelt, die schon länger da waren. Alle redeten durcheinander, bis Paul mit einer Trillerpfeife die Aufmerksamkeit auf sich zog. "It's a great thing, this **whistle**, which is why you'll all get one. This is our welcome present to you. You might need it if you can't **find your way back** out of the forest or you lose your friends."
Eine junge, etwas grimmig aussehende Frau verteilte die Trillerpfeifen.

---

elder ältere
You look alike. Ihr seht euch ähnlich.
whistle Trillerpfeife
find your way back den Rückweg finden

Emma ergriff das Wort: "And our **second** present is a **torch**, so that when you're walking **around** in the **dark** you won't **trip** over any **guy ropes**."
"But now," fuhr ihr Mann mit freudigem Gesichtsausdruck fort, "the first and **most important** thing after a long **bus ride** is ...?" Er sah in die Runde, und alle warteten gespannt, was er nun vorschlagen würde.
Da flüsterte Elizabeth: "I'm so hungry! I hope the most important thing has to do with food!"
Auch Moritz verspürte großen Hunger. Ja, Essen wäre nicht übel.
"That's right!", brach es begeistert aus Paul heraus. "You must all be hungry as **wolves**! And **guess what?** Dinner's ready! Come over to our kitchen tent and **take a seat**. Emma has cooked one of her **specials**: German lentil soup with sausages!"

---

second zweite
torch Taschenlampe
around herum
dark Dunkeln
trip stolpern
guy ropes Abspannleinen
most important wichtigste
bus ride Busfahrt
wolves Wölfe
Guess what? Wisst ihr was?
take a seat nehmt Platz
specials Spezialitäten

Deutsche Linsensuppe? Mos Lieblingsgericht! Ausgerechnet! Und das mitten in England! Das Wasser lief ihm schon im Munde zusammen, während sie an verschiedenen kleineren Zelten vorbeiliefen. Vor einigen standen schon Schuhe, jeweils unter einem kleinen Vordach. Moritz fragte sich, wann man sie wohl in Gruppen einteilen würde. Da zog ihn jemand am Ärmel. Es war Simon, der sich mit ihm an einen der langen Holztische auf die Bank plumpsen ließ.
"Just do nothing and **trust** me when they **choose tent mates**, okay?"
Moritz nickte. Wo war eigentlich Janina? Er sah sich nach ihr um. Durch das Gewusel der Kinder, die sich einen Platz suchten, sah er sie mit den beiden Mädchen aus dem Bus, Amy und Kristin. Sie hatte wohl schon Freundinnen gefunden. Hoffentlich wussten die auch einen Trick, damit sie in ein Zelt kamen.
"Mm, **homemade** bread! That's **typical of** Emma, she loves doing **everything herself**", schwärmte Simon gerade. "I've **really** missed her bread!"

---

trust vertraue
choose auswählen
tent mates Zeltgenoss(inn)en
homemade hausgemacht
typical of typisch für
everything alles
herself selbst
really wirklich

"**Nobody** helped her?", staunte Moritz und biss in das noch warme, superleckere Brot. Er konnte nicht sagen, wonach es schmeckte, aber es schmeckte unglaublich. Doch so viel Brot konnte Emma unmöglich ganz alleine gebacken haben! "She **can't have made** food for sixty people **all by herself**!"
Simon lachte. "Oh no! Today our group leaders helped her, but **from** tomorrow we have to do it. Wash and **peel** and **chop** vegetables and fruit and salad, **mix** flour and milk and eggs, **heat** and cook and bake **delicious fresh dishes** every day. Hmm ... And **then** we have to **set** the tables, and **serve** the meal, and **do the washing-up** ..."

---

nobody keiner
can't have made kann nicht gemacht haben
all by herself ganz alleine
from ab
peel schälen
chop hacken
mix verrühren
heat erhitzen
delicious lecker
fresh frisch
dishes Gerichte
then dann
set decken
serve servieren
do the washing-up den Abwasch machen

Mo stöhnte entsetzt. Er sollte in seinen Ferien in der Küche helfen? "Uff, stop it! That sounds like a **work camp** to me."

Genießerisch kaute Simon auf dem immer noch leicht dampfenden Brot. "Oh no, it's fun! And you don't have to do it every day. I **wish** my parents **would** cook like this. They **only** open tins."

Ein Trillerpfiff störte die beiden in ihrer Unterhaltung. "**While** you're enjoying the meal", hob Giovanni an, "I would **like to introduce** your group leaders **to you**." Neben Giovanni standen drei weitere junge Erwachsene. "**Besides** Emma, Paul and me there's **also** ... Patricia!"

Patricia war eine kleine, drahtige Person mit blonden Locken und blitzenden blauen Augen. Mit der war vermutlich nicht zu spaßen.

"Betty!"

Mo betrachtete die immer noch bissig wirkende junge Frau. Sie war groß und dünn und hatte eine Stupsnase. Warum guckte sie nur so sauertöpfisch?

---

work camp Arbeitslager
wish wünschte
would würden
only nur
while während
like to introduce ... to you möchte euch gern ... vorstellen
besides außer
also auch

"And, **last but not least**, Marc!"
Mo bewunderte die Muskelpakete von Marc, über die sich ein blaukariertes Hemd spannte. Er wirkte unheimlich sportlich und stark. Als er breit lächelte, entdeckte Mo, dass Marc einen abgebrochenen Zahn hatte.
Alle Kinder applaudierten, und dann stürzten sie sich lautstark auf die Töpfe und Teller.
Auf einmal sprang das rothaarige Mädchen auf – Elizabeth. "My mobile phone **has gone**! **Has anybody seen** my mobile?"
"What does it look like?", hakte Moritz nach.
Elizabeth durchwühlte ihre Taschen. "It's pink and very thin. It was a birthday present – it's **brand new**. I want to **call** my parents later ..."
Mittlerweile suchten alle mit, unter den Bänken, andere auf dem Tisch – aber das pinke, brandneue Handy von Elizabeth blieb verschwunden.
"Maybe you **left** it in the bus?", fragte Moritz und sah zu Giovanni.

---

last but not least zu guter Letzt
has gone ist weg
anybody irgendjemand
has seen hat gesehen
brand new brandneu
call anrufen
left hast gelassen

Der nickte ihm zu. "Good idea, Mo. We'll **have a look**. **Don't worry**, Elizabeth, we'll find it. Are you sure you didn't leave it **at home**?"
Elizabeth schüttelte den Kopf. "No, I'm sure, because I called my mum from the airport."
"Do you think you **might have left** it at the airport?", fragte Emma, wobei sie stirnrunzelnd einen weiteren Topf mit Linsensuppe auf den Tisch stellte.
"No, I'm sure I put it **back** in my bag. Could we look in the bus **right now**, please?"
Giovanni nickte und zog den Schlüssel aus seiner Jackentasche. "Sure. Let's go right now."

Janina sah, wie Giovanni einige Minuten später mit der weinenden Elizabeth im Arm zurückkehrte. Sie beschloss, ihr anzubieten, dass sie mit ihrem Handy telefonieren konnte.
"You can use my mobile if you want", rief Janina ihr zu. Elizabeth warf ihr einen dankbaren Blick zurück und setzte sich wieder vor ihren Teller.

---

have a look schauen nach
Don't worry. Mach dir keine Sorgen.
at home zu Hause
might have left hast vielleicht gelassen
back zurück
right now jetzt sofort

Auch Emma versuchte Elizabeth zu trösten. "You know, sometimes when you're looking for something you can't see it **even if** it's **right** in front of you. The next day you **nearly** step on it and then you **wonder** why you didn't see it **before**. So let's **wait and see whether** we find it tomorrow, **shall we?**"
Elizabeth nickte mit dem Hauch eines Lächelns und warf noch einen Blick zu Janina, dann aß sie weiter.
Janina freute sich. Es tat gut, jemandem zu helfen. Vielleicht würde Elizabeth ihre erste Freundin im Camp werden.

---

even if auch wenn
right direkt
nearly fast
wonder fragst dich
before vorher
wait and see abwarten
whether ob
shall we? *hier:* was meinst du?

Trick for Trick

"**Come on**, **everyone**, just **stand** in a **row**!", kommandierte Betty.
Mo fand sie total daneben, wieso war sie so mies gelaunt? Und wieso mussten Erwachsene ihre schlechte Laune immer an Kindern auslassen?
Mo stellte sich schnell als Erster auf und wollte den Platz neben sich unauffällig für Simon frei halten, aber der spazierte seelenruhig an ihm vorbei und machte Faxen, sodass alle lachten.
Moritz beobachtete, wie Simon kurz mit einem anderen Jungen sprach, der anschließend nickte. Simon schob sich etwas weiter weg zwischen zwei ältere Jungs, die Kaugummi kauend die Zeremonie über sich ergehen ließen.
Mo zählte. Wenn er die Nummer eins war, so war Simon die Nummer dreizehn. Sollte die Zahl dreizehn ihnen Glück bringen? War Simon etwa abergläubisch? Ob das wirklich funktionierte?
Betty begann zu zählen. "One two three four, one two three – no …", sie unterbrach sich. "No, if you think

---

trick Trick
Come on. Kommt schon.
everyone ihr alle
stand steht
row Reihe

that one, two, three and four are a group, **you're wrong**", sagte sie bissig.
Mo beobachtete, dass Giovanni Marc fragend ansah. Aber der zuckte nur mit den Achseln. Was führte sie wohl im Schilde?
Betty zählte langsam von vorne und fing bei Mo an, der ihrem forschenden Blick auswich. "One, two, three, four, five, six, seven, eight, nine, ten, eleven, twelve, thirteen, fourteen, fifteen, sixteen." Bald hatte sie alle Kinder, die mit dem letzten Bus gekommen waren, durchgezählt. Dann verschränkte sie zufrieden die Arme vor ihrer Brust. "And now I want the numbers one, five, nine and thirteen to step out and make one group, then the numbers two, six, ten and fourteen, then ..."
Mo hörte nicht weiter zu und erwiderte das breite Grinsen auf Simons Gesicht – sie waren tatsächlich in einer Gruppe gelandet.
Später fragte er Simon, was er getan hätte, wenn sie einfach jeweils vier als eine Gruppe genommen hätte. "Well", erwiderte Simon schlau, "she's the **kind** of **grown-up** who thinks she's **much** cleverer **than** we

---

you're wrong liegt ihr falsch
kind Art
grown-up Erwachsene(r)
much viel
than als

are, so I was sure she'd use a trick. And I was right. But if she'd used the **simple version**, I **would have swapped** with Anton. He wanted to be in a tent with Dan, Harold and Thomas. So we would just have swapped. We all do tricks like that, but Betty doesn't **notice**."

So hatten also die meisten Kinder Betty ausgetrickst, und sie dachte, es wäre umgekehrt! Mo fand, dass sie es nicht besser verdient hatte – er mochte sie einfach nicht. Alle anderen Erwachsenen hier auf dem Platz schienen aber in Ordnung zu sein.

Janina kam in ein Zelt mit Elizabeth, Amy und Kristin. Sie wusste nicht, ob die beiden Freundinnen getrickst hatten, es war ihr auch völlig gleichgültig. Sie freute sich einfach, denn die beiden hatten ihr im Bus bereits gefallen – und Elizabeth hatte sie auch längst in ihr Herz geschlossen.

Die Mädchen breiteten ihre Luftmatratzen auf dem Boden des Zeltes aus und drapierten ihre Laken und Schlafsäcke darauf. Elizabeth zog schließlich einen ziemlich großen, braungefleckten Plüschkater aus ihrem Rucksack.

---

simple einfach
version Version
would have swapped hätte getauscht
notice merkt

Kristin kicherte. “Look, our baby needs something to **cuddle**. How **cute**!”
Kristin und Amy sahen Elizabeth mitleidig an, und Janina hatte für einen Augenblick das Gefühl, sie müsse für Elizabeth Partei ergreifen. Aber Elizabeth scherte sich nicht um die Bemerkung und brauchte ihre Hilfe anscheinend nicht.

“This is the bathroom. Don’t be **surprised**, this isn’t a four-star hotel!” Patricia zeigte den Neuankömmlingen die Toiletten. Moritz verzog das Gesicht. Besonders nobel war das hier wirklich nicht.
“Are there any showers?”, erkundigte sich ein Mädchen mit piepsiger Stimme.
“Yes, Sabrina, there are. Have a look!”
In einem großen Holzverschlag befanden sich die Duschen.
“Are they for boys or girls, or for everybody?”, fragte ein braungebrannter Junge mit längeren zotteligen Haaren.
“Well, Tim, that’s a good question. We’ve got one for girls on the right and another one for boys on the left – and we **definitely** don’t want you to **mix**!”

---

cuddle kuscheln
cute niedlich
surprised überrascht
definitely ganz bestimmt
mix mischen

Einige kicherten. Moritz fand das total albern. Er wäre im Traum nicht darauf gekommen, gemeinsam mit den Mädchen zu duschen.
Nachdem sie alles – inklusive der Wäscheleine – besichtigt hatten, wollte Mo mit Simon die nähere Umgebung erkunden. Aber so einfach, wie er sich das vorgestellt hatte, war das nicht. Am Ende der Führung baute sich nämlich noch einmal Marc wie ein Riese vor der Gruppe auf. "Okay, listen, boys and girls. If you want to leave our camp, please make sure one of us knows. You'll have to wait **until** tomorrow, **anyway** ..."
Das Handy eines größeren Jungen klingelte. "Sorry, it's my father", entschuldigte er sich und entfernte sich ein wenig von der Gruppe.

Janina beobachtete den telefonierenden Jungen genau. Sie mochte diesen Steven, sie hatte sich sogar seinen Namen von der Busfahrt gemerkt. Seine funkelnden blauen Augen hatten es ihr so richtig angetan. Er telefonierte nicht lange, offensichtlich hatte er keine große Lust, mit seinem Vater zu plaudern. Plötzlich schaute Steven sie direkt an, Janina wurde rot, grinste verlegen und wendete sich wieder dem Betreuer zu.

---

until bis
anyway sowieso

"Well, before you go for a walk you need to know how **far** you**'re allowed** to go", fuhr Marc fort. "**We** definitely **don't want you to get lost**. Always take your whistles and torches with you; this is your **survival kit**. Today we do**n't** want you to leave the camp **any more** because **it'll be getting dark** soon. Giovanni **has** already **started** to **light** the fire, so we'll all sit **beside** it and try **to get to know each other** better. Maybe some of you know some **ghost stories**?"

Janina freute sich sehr darauf, mit all den anderen am Lagerfeuer zu sitzen und mit ihnen zu quatschen und sich bei den Geistergeschichten ein bisschen zu gruseln. Sie liebte Geschichten aller Art, ebenso wie Mo. Ihre Eltern lasen abends immer noch vor, auch wenn Janina sich manchmal schon zu alt für so was fühlte.

Plötzlich hörte man Gitarrenklänge und wilden Gesang, und Janina rannte mit den anderen zur Feuer-

---

far weit
are allowed dürft
We don't want you to get lost. Wir wollen nicht, dass ihr euch verlauft.
survival kit Überlebensausrüstung
not any more nicht mehr
It'll be getting dark. Es wird dunkel.
has started hat angefangen
light anzünden
beside neben
to get to know each other sich kennenzulernen
ghost stories Geistergeschichten

stelle. Giovanni saß mit seiner Gitarre neben Patricia, die das Feuer mit Holz fütterte, und Emma stand strahlend daneben, zu ihren Füßen einen Riesenkorb. "**Scones**, freshly made!", rief sie den Kindern entgegen. "I **thought** you might be hungry again?"
Janina staunte über den unermüdlichen Einsatz dieser alten Frau.
In dem Moment tauchte Elizabeth neben Janina auf, und auch die beiden anderen aus ihrem Zelt setzten sich zu ihnen ans Feuer. "It looks **as if** Emma really loves cooking", schwärmte Elizabeth und biss von ihrem Scone ab. "Mmm, it's delicious. She **seems** to **spend all day** cooking and baking. She's **probably** going to get up in the night to make a wonderful breakfast for us. Maybe she doesn't sleep at all ..."
Amy schlug sich mit gespieltem Entsetzen die Hand vor den Mund und unterbrach Elizabeth: "Oh no! I didn't come here **to put on weight**!"
Die vier Mädchen kicherten. Janina fühlte sich sauwohl mit ihren *tent mates*. Alle Betreuer, auch Paul und Emma, waren jetzt da und stimmten mit Giovanni ein

---

scones *weiches Teegebäck*
thought dachte
as if als ob
seems scheint
spend verbringen
all day den ganzen Tag
probably wahrscheinlich
to put on weight um zuzunehmen

Lied an. Wo war Betty? Janina konnte sie nicht entdecken. Aber so schlecht drauf wie sie war, würde Betty wohl niemandem fehlen.
Janina jedenfalls strahlte, das Feuer glühte und sie spürte die Hitze in ihrem Gesicht. Einige stimmten in den Gesang mit ein, andere unterhielten sich und lachten. Alles sah unglaublich geheimnisvoll aus im tanzenden Licht des Feuers.
Und dann begann Paul zu erzählen mit seiner tiefen Stimme. Er schien alle Zeit der Welt zu haben. Er erzählte von Rittern und Ladies und Königen, die in früheren Zeiten hier gelebt hatten – und niemand wagte es, ihn zu unterbrechen.
Moritz und Simon waren mit die Letzten am Feuer. Sie halfen noch, die Funken der Glut zu löschen. Die Nacht

war pechschwarz. “I’ve **never** seen **such** a black sky”, murmelte Mo, als sie schließlich zu ihrem Zelt schlichen.
“Me **neither**”, stimmte Simon ihm zu. “It’s because the **city lights reflect** in the sky, **I guess**, so it never really gets dark. Look at the stars!”
Moritz schaute in den mit Sternen übersäten Himmel. Der Mond war eine schmale Sichel, wie eine halbe zusammengeknautschte Zitronenscheibe.
Simon sah Mo neugierig an. “Do you know **anything** about the **signs of the zodiac**?”
Mo schüttelte den Kopf. Er fand Astrologie albern.
“That’s **a pity**. But I know why **many** people can’t sleep when there’s a full moon. Do you?” Simon guckte erwartungsvoll.
Mo schüttelte wieder den Kopf.

---

never nie
such so
neither auch nicht
city Stadt
lights Lichter
reflect scheinen wider
I guess nehme ich an
anything irgendetwas
signs of the zodiac Sternzeichen
a pity schade
many viel

"I'm sure that the moon **calls** us when it's full. The moon **governs** the **tides**, and human beings are made of water – I think **about** eighty **per cent** is water. Did you know that?"
Mo dachte nach. Menschen bestehen aus Wasser? Wieso wusste er nichts davon? Er war doch ziemlich gut in Biologie, hatte er da etwas verpasst? "I'm made of water? Are you sure?"
Simon nickte und stieß ihn an. "Come on, let's **stay up** all night and go for a walk. What do you say?"
"You mean, go into the forest?" Jetzt mit Simon in den Wald gehen? Moritz spürte, wie bei diesem Gedanken sein Herz klopfte. Alles sah so düster aus, der Himmel, der Wald – und der Mond tauchte den Zeltplatz in ein gespenstisch weißes Licht. Mo hatte überhaupt keine Lust, mitten in der Nacht in den Wald zu gehen. Schnell schüttelte er den Kopf. "No, not tonight, I'm too tired. We've had a long journey from Munich."
Simon nickte verständnisvoll. Sie krabbelten in ihr Zelt, in ihre Schlafsäcke – und waren auch schon eingeschlafen.

---

calls ruft
governs herrscht über
tides Gezeiten
about ungefähr
per cent Prozent
stay up wach bleiben

"Where Is My ...?"

Am nächsten Morgen wachte Janina von dem lauten Geschrei eines Mädchens auf: "Where's my CD player? Who's stolen my CD player? I need my music!"
Janina schlüpfte aus ihrem Schlafsack und öffnete den Reißverschluss am Zelt.
Auch Elizabeth war aufgewacht und räkelte sich. "**What's up? Has** something **happened**?"
"I do**n't** know **yet**. **Someone** seems to have lost a CD player."
Elizabeth setzte sich auf. Amy und Kristin hingegen regten sich nicht einmal. Janina schaute wieder hinaus und erschrak. Fast vor ihrer Nase standen Betty und Marc. Die beiden stritten sich leise, offenbar ohne Janina zu bemerken.
"How can you do this to me? That isn't fair", zischte Marc zwischen den Zähnen hervor.
"I'm not doing it because of you, I'm doing it for **myself**!", fauchte sie zurück.

What's up? Was ist los?
has happened ist passiert
not yet noch nicht
someone jemand
myself mich selbst

"We decided to **sort** everything **out** when this is over."

"You can't tell me what to do or **how to behave**. You have no **right** to tell me anything!"

Marc wurde so leise, dass Janina ihn kaum noch verstehen konnte. "Where **were** you yesterday when we were sitting around the fire? Everybody noticed you were gone."

Betty brummte so etwas wie "**That's none of your business**", dann drehte sie sich um und ging, gefolgt vom wütend stampfenden Marc.

Ein bisschen komisch sind die beiden ja, dachte Janina. Sie schlüpfte in ihre Jogginghose, streifte eine Jacke über und lief in Richtung Küchenzelt.

Ein paar Kinder waren bereits damit beschäftigt, den Tisch zu decken. Sie hatten gestern beschlossen, dass immer ein Zelt einen Tag lang zuständig war für den Küchendienst. Emma strahlte schon wieder über beide Backen. Seit wann sie wohl auf war? Es duftete herrlich nach frisch gebackenen Brötchen.

---

sort out klären
how to behave wie ich mich benehmen soll
right Recht
were warst
That's none of your business. Das geht dich nichts an.

Giovanni und Patricia waren in ein Gespräch mit einem Mädchen vertieft, das Janina bisher noch gar nicht im Camp bemerkt hatte. Trotzdem hockte sie sich dazu.
“Where did you see it **last**, Carole?”, erkundigte sich Patricia gerade.
“Well, I know I left it in my tent when we were all sitting by the fire. I put it on my sleeping bag. I didn’t hide it, because I didn’t think there’d be a **thief** here.” Die Stimme von Carole klang vorwurfsvoll.
Wenn sie ihren CD-Player wirklich auf dem Schlafsack hatte liegen lassen – wieso hatte sie dann nicht schon in der Nacht bemerkt, dass er weg ist?, dachte Janina.
“Before you **accuse** anybody, Carole, let’s wait a **while** and see. Maybe someone **has** just **borrowed** it, or maybe you’ll find it again”, versuchte Giovanni sie zu beruhigen.
Carole wollte sich aber nicht beruhigen lassen. “But if I don’t and it has been stolen, I’ll call my parents and they’ll come and **pick** me **up**. I don’t want to stay if there’s a thief here. I didn’t want to come anyway”, fügte sie noch böse hinzu.

---

last zuletzt
thief (*pl.* **thieves**) Dieb(in)
accuse beschuldigst
while Weile
has borrowed hat ausgeliehen
pick up abholen

Janina hatte das ungute Gefühl, dass Carole die Stimmung ganz schnell verderben könnte. Was, wenn sie tatsächlich ihre Eltern anreisen ließ? Bestünde dann nicht sogar die Gefahr, dass das ganze Zeltlager abgeblasen würde, bevor es überhaupt richtig angefangen hätte? Das wollte Janina auf gar keinen Fall!

Sie räusperte sich. "**May I suggest** something?"

Sie hatte eine Idee. Als in ihrer Klasse einmal etwas gestohlen worden war, hatte der Lehrer vorgeschlagen, dass der Dieb oder die Diebin es ihm geben sollte – er würde auch nicht verraten, wer es gewesen war – ausnahmsweise. Das hatte geklappt, und danach war nie wieder etwas geklaut worden.

Janina sah Carole fragend an. Das Mädchen zuckte nur die Achseln, aber Giovanni und Patricia schauten sie aufmunternd an.

"Let's suggest that if someone has **taken** it, he or she **should** give it to Emma, and Emma **won't** tell anyone who it was. I mean, it would give them a **chance**, wouldn't it?"

Janina dachte auch an Elizabeths Handy. Vielleicht hatte sie es verloren, was die meisten vermuteten, aber

---

may I darf ich
suggest vorschlagen
has taken hat genommen
should soll
won't wird nicht
chance Chance

möglicherweise war wirklich ein Dieb unter ihnen. Die Klauerei musste unbedingt aufhören!
Carole sah Janina argwöhnisch an. "Why **are you** so **interested in** finding my CD player?"
Janina spürte, wie sie errötete und ärgerte sich. Darauf hatte sie überhaupt keine Lust; wenn diese blöde Kuh keine Hilfe wollte, sollte sie doch alleine klarkommen.
"I only want to help you get it back", erwiderte sie. "I guess you do want it back, don't you?"
Das saß. Carole verzog beleidigt das Gesicht. Janina stand auf und wollte gerade gehen, als einer von den größeren Jungen ankam.
"My **wallet has vanished**. There were about fifty **pounds** in it. I **searched** the **whole** tent. It's gone."
Giovanni und Patricia sahen sich alarmiert an. "Shit", murmelte Giovanni. "This shouldn't happen here. It's never happened before. We really have to do something … I guess we have to have a **conference**." Er stockte. "Dennis, would you please – just for now – not talk to anyone about it? And you too, Carole? Janina? Please?"

are you interested in bist du daran interessiert
wallet Geldbeutel
has vanished ist verschwunden
pounds englische Pfund
searched habe durchsucht
whole ganze
conference Besprechung

Das Mädchen nickte widerwillig, der Junge murmelte nur "okay" und zog wieder von dannen. Janina wusste nicht, ob sie bleiben oder verschwinden wollte. Carole sah sie argwöhnisch von der Seite an, und das war ziemlich ungemütlich. Janina entschied sich genau deshalb zu bleiben. Sie ließ sich doch nicht einfach vertreiben. Während Giovanni sich mit Patricia zurückzog, tauchten Emma und Paul aus dem Küchenzelt auf, von überall kamen Kinder aus ihren Zelten und liefen zu den Toiletten. Es wurde immer voller rund ums Küchenzelt, und bald saßen viele an den Tischen und ließen sich das Frühstück schmecken. Noch wussten die meisten ja von nichts.

"**Lime blossom tea**", erläuterte Emma, als einige an den Teekannen schnupperten. "**Nature** gives us all we need. This tea is very good for you, it's made of blossom from the lime tree. You'll see later that the trees here in our forest all have their **secrets**. Enjoy your breakfast! I hope you find something you like."

Janina hatte keinen rechten Appetit. Wo ist eigentlich mein kleiner Bruder?, dachte sie auf einmal. Sie konnte ihn nirgends entdecken.

---

lime blossom tea Lindenblütentee
nature die Natur
secrets Geheimnisse

Moritz schlief so gut wie schon lange nicht mehr. Die anderen Jungen hatten ihn nicht geweckt. Simon saß neben ihm und las in einem Gruselroman. Die Stimme von Janina vernahm Moritz wie im Traum. "Mo? Wo steckst du? Mo?!" Sie klang ziemlich panisch, und er wunderte sich darüber. Dann hörte er Simon antworten: "Hey! We're here, Mo**'s still asleep**."
"No, he's not", murmelte Mo und rieb sich die Augen. "Du bist einfach zu laut, Schwesterherz. Bei dem Krach kann kein Mensch schlafen. Was ist denn los?" Er setzte sich auf.
Janina kam ins Zelt gekrochen. "Wieso kommst du nicht zum Frühstück? Ich dachte schon, du bist gekidnappt!" Sie grinste. Dann sah sie in Simons große fragende Augen und ihr fiel ein, dass er ja nichts verstand, also sprach sie Englisch. "There are some things **missing**. A CD player and a wallet with money in it. But nobody knows about it yet, and we**'re not supposed to** talk about it, so please **keep** it **secret**."
Moritz war jetzt hellwach. Das waren ja Neuigkeiten! Janina redete weiter. "Did you see or hear anything **suspicious** in the night? When did you go to sleep?

---

still noch
is asleep schläft
missing die fehlen
are not supposed to sollten nicht
keep secret haltet geheim
suspicious verdächtig

Was it very late? I went to bed before you, so maybe you noticed something?" Sie redete leise, aber in einem Affenzahn, wie so oft, wenn sie aufgeregt war.
Mo starrte sie mit offenem Mund an. "Do you want an answer, or do you just want to **keep talking**?", unterbrach er sie schließlich.
Janina sah ihn verblüfft an und sagte erstmal nichts mehr.
"We didn't go to bed much later than **everybody else**", erklärte Mo seiner Schwester im selben Tempo. "We didn't notice anything suspicious, and **I'm starving** – is there any breakfast **left**?"
Die beiden grinsten sich an, Janina nickte und verschwand wieder.

Janina setzte sich zu Elizabeth, Amy und Kristin, die angeregt miteinander quatschten. Das Gespräch der drei verstummte für einen Moment.
"Where's your brother?", fragte Amy dann mit einem seltsamen Unterton.
"Coming. He **overslept**."

---

keep talking weiterreden
everybody else alle anderen
I'm starving. Ich sterbe vor Hunger.
left übrig
overslept hat verschlafen

"Went for a **little** midnight walk?", murmelte Kristin. "What do you mean?", hakte Janina nach. Was meinte Kristin mit Mitternachtsspaziergang? Aber sie bekam keine Antwort, denn plötzlich ertönte ein schriller Pfiff und Giovanni stand mit den anderen Betreuern da. Alle unterbrachen ihre Gespräche und sahen auf. "Good morning. To be **honest**, it's not such a good morning. It looks as if some of us have lost some **valuable** things. We're hoping they haven't been stolen. It's a CD player, and a wallet with money in it." Giovanni machte ein besorgtes Gesicht. "So let's all have a look around, and if we**'re lucky** we'll also find Elizabeth's mobile. If not, we want to **offer** the **person** who has taken **these** things the chance to give them back. If you give them to Emma **any time** during the day we won't say who **took** them, and we'll all just forget about it. But we really don't want this to happen again. **Whoever**'s been doing this –

---

little klein
honest ehrlich
valuable wertvoll
are lucky Glück haben
offer anbieten
person Person
these diese
any time jederzeit
took hat genommen
whoever wer auch immer

Emma's Land

and we**'re worried** that it is someone here – we hope you'll stop it and not **ruin** everybody's holiday. And if any of you have got anything valuable with you, you can give it to us **to look after** if you want."
Die Unruhe unter den Kindern wurde groß und alle redeten wild durcheinander.
Giovanni pfiff erneut. "For now, **though**, we want you to have a good time. We'd like to offer you some **activities** to choose from for **the next few days**. First **choice** is: build a **raft** with Paul. Second is: collect **herbs** and cook with Emma. **Third** is: **rehearse** a musical with Patricia. Number four: **swimming training** with Marc. Five: **fishing** with me; and last but not least, number six: **storytelling** with Betty. You've got until lunch to choose what you'd like to do. Now,

---

are worried machen uns Sorgen
ruin verderben
to look after um darauf aufzupassen
though aber
activities Aktivitäten
the next few days die nächsten Tage
choice Wahlmöglichkeit
raft Floß
herbs Kräuter
third dritte
rehearse proben
swimming training Schwimmtraining
fishing Angeln
storytelling Geschichtenerzählen

when we've all had breakfast and brushed our teeth we'll go on a tour of our forest."
Die Kinder staunten nicht schlecht über das große Angebot an Aktionen und diskutierten lautstark, was sie machen wollten.
Janina beschloss, an Bettys Angebot teilzunehmen, weil sie diese Frau unbedingt beobachten und herausfinden wollte, was mit ihr los war. Vielleicht hatte die Betreuerin ja etwas mit den Diebstählen zu tun?
"So what's your plan, what are you going to do?", wollte Elizabeth von ihr wissen.
"I think I'll do the storytelling."
Amy rümpfte ihre Nase. "It sounds like school, and Betty looks like a teacher who'd be no fun at all. Why do you want to do that?"
"Well, I'm **curious**. I want to know how Betty is going to do it." Janina versuchte von sich abzulenken. "What are you going to do?"
"I'm going to swim with the beautiful Marc", kicherte Amy. Kristin grinste. "Me too! I want to **get a beautiful suntan**."
"And you, Elizabeth?" Janina schaute sie erwartungsvoll an.
Elizabeth zögerte. "I can't decide, so I think I'll do the storytelling with you and Betty."

---

curious neugierig
get a beautiful suntan schön braun werden

Amy stand auf, gefolgt von Kristin. "How boring. Come on Kristin, let's go." Sie hielt inne und sah Janina seltsam an. "By the way, did you know that your brother and his friend were up very late? What were they doing? And they didn't come to breakfast with everybody else!"
Janina stutzte und wollte nachhaken, als Mo plötzlich auftauchte.
"Hey, **sis**! Was hast du vor?", wollte er von seiner Schwester wissen.
"Ich probiere das Geschichtenerzählen mit Betty aus."
Mo guckte irritiert. "Mit Betty? Die verdirbt einem doch nur die gute Laune!"
"Vielleicht hat sie etwas mit den Diebstählen zu tun. Ich möchte sie beobachten." Janina hatte mit einem freundlichen Lächeln auf den Lippen deutsch gesprochen, damit niemand mitbekam, was sie da sagte. Es war wirklich super, zwei Sprachen zu können!
Ohne Vorwarnung kitzelte Amy Mo auf einmal. Janina stutzte, ebenso wie Mo, der Amy mit gerunzelter Stirn musterte. "What are you doing? I'm not **ticklish** at all", sagte er genervt.
Sie zuckte gleichgültig die Schultern. "Oops, sorry, I thought all little children were ticklish. I hope you're

---

sis Schwesterchen
ticklish kitzelig

not coming swimming with us. Little boys are always so loud!"

Janina verstand das seltsame Verhalten ihrer neuen Freundin nicht. Auch Mo schüttelte verständnislos den Kopf. Er verzog er das Gesicht zu einem breiten Grinsen und sah aus wie ein Vollmond. "Well, don't worry, Amy. I'm going to **work** with Paul on building a raft, so I'll be nowhere near you."

Und weg war er.

"He's behaving very **strangely**. **Is** he **hiding** something?", fragte Kristin neugierig.

Janina verstand überhaupt nicht, was sie meinte. Hatte Kristin etwa verstanden, worüber sie geredet hatten? Aber die Mädchen sprachen kein Wort Deutsch, das konnte nicht sein!

"Hiding something? What do you mean? **Not that I know of.**"

Was war los mit Amy und Kristin? Janina verstand nur Bahnhof.

---

work arbeiten
strangely seltsam
is hiding verheimlicht
Not that I know of. Nicht dass ich wüsste.

The Forest

Eine Stunde später stapften alle durch den Wald. Es gab einen kleinen Trampelpfad, der zu einem wunderschönen idyllischen See führte. Außer ihnen war niemand weit und breit zu sehen. Moritz gefiel der Wald außerordentlich gut. Hier konnte man viel anstellen.
"Nobody comes here **except** us", begann Patricia. "It's nice and quiet, and lots of fishes live in the lake. You can even drink the water; it's very clean. Emma thinks it's **healthy** water. But Emma **believes** that everything Nature **produces** is healthy." Patricia lachte. Sie schien Emma sehr zu mögen.
Giovanni ergänzte: "You can go **wherever** you want around here, but don't **cross** the road, because then you might get lost. Okay? And if you can't find your way back, just blow your whistle until someone **answers**." Giovanni schaute sich fragend um. "Got that? We definitely don't want anyone to get lost." Da alle nickten, fuhr er fort: "Also, we have a **Morse code** that you can whistle."

---

except außer
healthy gesund
believes glaubt
produces hervorbringt
wherever wohin auch immer
cross überqueren
answers antwortet
Morse code Morsezeichen

Die Betreuer nahmen ihre Trillerpfeifen und bliesen kräftig hinein.
Moritz erschrak für einen Augenblick und hielt sich die Ohren zu, schaute sich dann aber um, wie die anderen reagierten. Eine kleine Gruppe älterer Jungen verzog sich gerade ins Gebüsch. Einer der Jungen hieß Matt, die Namen der anderen kannte Mo nicht. Sie waren vermutlich schon im vergangenen Jahr hier gewesen und kannten die Morsezeichen in- und auswendig. Aber dann beobachtete Moritz, dass die vier ein Handy begutachteten. Er konnte zwar nicht erkennen, was sie da genau taten, aber Mo hatte plötzlich einen Verdacht. Vielleicht ist das Elizabeths Handy?
Ein lauter Pfiff ließ Mo erneut zusammenzucken und er schaute wieder zu den Betreuern.
"Did you know that there's a whole alphabet called the Morse alphabet? It was an **American painter**, Samuel Morse, who **invented** it. You**'ve** all **heard** the **code** for S-O-S, haven't you? That's international. You have to do three short whistles, three long ones, and then three short ones again."

American amerikanisch
painter Maler
invented hat erfunden
have heard habt gehört
code Code

Marc demonstrierte das Morsezeichen S-O-S. Und natürlich machten es sofort alle nach.

Janina hielt sich die Ohren zu. Sie hatte es auch so verstanden, es war ja nicht besonders kompliziert. Sie fragte sich gerade, ob man nicht auch eine ganze Geschichte morsen könnte – aber das würde wohl unerträglich werden. Janina beobachtete Betty. Sie flüsterte gerade mit Patricia und verließ dann die Gruppe. Wo ist mein iPod?, dachte Janina plötzlich. Und mein Handy? Vielleicht wurde alles gerade aus ihrem Zelt gestohlen? Wieso habe ich nicht alles mitgenommen oder Giovanni gegeben? Dann ärgerte sie sich, dass sie sich so verrückt machte. Vielleicht wollte Betty einfach nur Emma beim Kochen helfen. Es waren doch sowieso nicht alle mitgekommen. Die Kinder, die schon mal hier waren, kannten die Wege sicher längst. Steven konnte sie auch nicht entdecken. Sie konnte doch jetzt unmöglich wahllos alle verdächtigen.
Marc pfiff erneut, kurz – kurz – kurz – lang – kurz. "And if you hear this, you know that we're **on the way**. It means that we've heard you", erklärte Giovanni, dann steckte er die Trillerpfeife weg. "We'll always find you with this", sagte er und grinste.

---

on the way unterwegs

"You can also do Morse code with a torch", erklärte Patricia weiter. "But this only really **works** at night and when we're near **enough** to see you." Sie fügte noch hinzu, dass sie sich von manchen Stellen aus auch an dem Hügel orientieren konnten, der sich in der Nähe des Lagers befand. "We like this hill; it **saves** us when there's a storm because the wind usually comes from **that direction** and the hill **shields** us."
Janina versuchte sich auf das zu konzentrieren, was die Betreuer sagten.
"By the way, if there's any **thunder** and lightning when you're walking around, just stay in the forest. It's a **safe place**", erklärte Marc, der bisher geschwiegen hatte. Janina wunderte sich, sie hatte nicht gewusst, dass ein Wald bei Gewitter ein sicherer Aufenthaltsort war.

---

works funktioniert
enough genug
saves rettet
that diese
direction Richtung
shields schützt
thunder Donner
safe sicher
place Ort

Patricia nickte. "That's right. And **normally** there are some **signs** that **warn** you a storm is coming."
"What signs?", hakte Mo nach. Janina beobachtete ihn. Ihr neugieriger kleiner Bruder, immer etwas vorlaut. Sie sah, dass ihre Zeltkumpaninnen die Köpfe zusammensteckten. Was für ein Problem hatten sie nur mit Mo?
Patricia hatte begonnen, die Vorzeichen für ein Gewitter zu erläutern. "Normally there'll be a rainbow in the early morning, and sometimes there are strange clouds in the sky that look **a bit spiky**. Also, the animals go quiet ..."
"But **apart from that** there's no **danger** around here." Giovanni grinste mal wieder. "It's the safest place **on earth**. And we want all of you to feel **free** to walk around in the forest as much as you like. It would be good if you could stay in twos, or groups, and always tell one of us if you leave the camp! **Understood?**"

---

normally normalerweise
signs Zeichen
warn warnen
a bit ein bisschen
spiky stachelig
apart from that davon abgesehen
danger Gefahr
on earth auf der Erde
free frei
Understood? Verstanden?

“Okay!”, riefen fast alle.
Janina sah sich suchend nach ihren Freundinnen um. Elizabeth stand vorne bei Giovanni, aber Amy und Kristin konnte sie nicht entdecken. Ein paar Mädchen hatten Kopfhörer in den Ohren und bewegten sich im Takt zur Musik. Janina schüttelte den Kopf. Nein, sie wollte diese Mädchen auf keinen Fall alle verdächtigen, nur weil sie Musik hörten.

Suspicions

"Emma can **predict** the weather", kündigte Giovanni an, als sie den Zeltplatz wieder erreichten. "Let's see what she says it'll be like today."
Emma, die auf einer Bank vor dem Küchenzelt saß und in eine Kaffeetasse starrte, wurde sofort von allen umringt. Moritz versuchte einen Blick in ihre Tasse zu erhaschen. Emma sah sich um. "Is everybody back?"
"Everybody's here!", war die einstimmige Antwort. Emma nickte und warf ein Stück Zucker in den Kaffee. Mo hatte sich näher an sie herangedrängt, dicht gefolgt von Simon.
"She's always right", flüsterte Simon ihm zu.
Vom Zucker stiegen Bläschen an die Oberfläche des Kaffees. Zuerst blieben die Bläschen in der Mitte und schienen sich zusammenzurotten. "That looks like a **perfect** sunny summer's day", murmelte Emma. Dann aber bewegten sich diese Blasen wie ein zusammengeklebter Haufen seltsamer Tierchen auf den Tassenrand zu. Emma seufzte. "Well, that's not what I **expected**. It says that we're going to have a storm today."

---

suspicions Verdächtigungen
predict vorhersagen
perfect perfekt
expected erwartet habe

Ein Sturm? Moritz schaute zum Himmel hinauf. Nichts deutete auf ein Unwetter hin.
Plötzlich wurde er von hinten unsanft angestoßen. Es waren Amy und Kristin.
"Hello there, **what's-your-name** – I bet you believe **superstitious stuff** like this, don't you? Don't you think it's **fascinating**?", raunte Amy, während Kristin ihn überheblich betrachtete.
Was war bloß in die gefahren? Moritz hatte überhaupt keine Lust auf solche Spielchen und drehte sich abrupt um. Dabei stieß er aus Versehen eine der beiden an, sodass deren Saftbecher in hohem Bogen durch die Gegend flog.
Das Mädchen brüllte ihn an. "What the … Haven't you got any eyes in your head?"
Glücklicherweise war der Becher fast leer gewesen und Steven fing ihn auf. Er wedelte damit in der Luft herum und grinste. "Hey, girls, **don't panic**." Er zwinkerte Mo zu und verzog sich dann ins Küchenzelt. Kristin und Amy wendeten sich schimpfend ab.

---

what's-your-name du da
superstitious abergläubisch
stuff Zeug
fascinating faszinierend
Don't panic. Keine Panik.

Sieht aus, als hätte ich einen neuen Freund!, freute sich Mo über die unerwartete Hilfe von Steven. Man konnte gar nicht genug Freunde haben bei diesen bescheuerten Zicken.

Janina hatte die Szene genau beobachtet. Steven wurde ihr immer sympathischer. Dass er ihren Bruder beschützte, gefiel ihr. Sie nahm sich fest vor, mal mit ihm zu quatschen. Bei dem Gedanken fing ihr Herz überraschenderweise an zu klopfen.

Da zog sie jemand am Ärmel ihres T-Shirts. "Janina, can I talk to you?", fragte Denise, ein jüngeres Mädchen aus dem Zelt neben ihr.

"Sure, **what's the matter?**"

"My MP3 player has vanished. But I don't remember where I put it, so I don't know whether I lost it **somewhere** or if somebody took it." Dem Mädchen standen schon die Tränen in den Augen.

"Well, if you put it somewhere, we'll find it, and if there's a thief, we'll find him."

Die kleine Denise lächelte Janina an wie eine Heldin. Dabei wurde Janina ganz mulmig – hoffentlich konnte sie ihr Versprechen auch halten und den MP3-Player wiederfinden. Sie lief mit Denise zu ihrem Zelt und half ihr, alles abzusuchen.

What's the matter? Was ist los?
somewhere irgendwo

"Not under your sleeping bag, not in the rucksacks … no, it's not here."
Denise weinte. "I don't know anybody in the camp yet. Please, will you be my friend?"
Janina konnte natürlich nicht nein sagen, obwohl sie für einen Moment fürchtete, dass Amy und Kristin sie auslachen würden. Kleiner Bruder, kleine Freundin – ein echtes Kindermädchen. Aber Janina schob diesen Gedanken beiseite, und dann erfüllte sie sogar ein gewisser Stolz. Steven hatte sich schließlich auch um ihren Bruder gekümmert, und sie tat es jetzt mit Denise. Ist mir doch egal, was andere denken!, dachte sie bei sich und legte einen Arm um Denise.

In dem Augenblick riss jemand das Zelt auf und starrte hinein. "**What the hell** are you doing in our tent?!", schrie ein Mädchen. "What did you do to our rucksacks and our stuff? Did you steal anything? Are you the thieves? You're the thieves! **I've found** the thieves!"
Und dann rannte das Mädchen weg.
Denise heulte wie ein Schlosshund. "Kim's going to tell everybody that we've stolen something! They'll **kick** us **out of** the camp before our holidays have even started. I don't want to go home!"

---

what the hell was zum Teufel
have found habe gefunden
kick out of rausschmeißen aus

Janina versuchte ruhig zu bleiben, obwohl sie jetzt selbst Angst bekam. Aber warum eigentlich? Sie hatte doch nichts getan! Kim machte Panik, bloß weil sie in den Rucksäcken nach dem MP3-Player gesucht hatten. Aber das konnte Kim ja nicht wissen. Alles würde sich schnell klären lassen. Sie zog die kleine zitternde Denise aus dem Zelt. "Come on. Let's go and see what's happening."

Denise hatte recht. Kim veranstaltete ein wildes Geschrei, weil sie allen Ernstes glaubte, die Diebe auf frischer Tat ertappt zu haben.
Janina war sauer. "You can go and have a look in my tent. There's nothing there. I did**n't** steal **anything**! Where do you think I've put all those things anyway? **Buried** them like **treasure** under a tree somewhere?"
"Not a bad idea", kommentierte jemand von der Seite. Janinas Kopf fuhr herum, aber sie blickte nur in ausdruckslose Gesichter, die sie anstarrten. Das ist jetzt nicht wahr, oder? Das ist ja wie in einem Albtraum, dachte sie und suchte mit ihren Blicken einen der

not anything nichts
buried vergraben
treasure Schatz

Betreuer. Betty stand in ziemlicher Entfernung und beobachtete seelenruhig, was passierte – es sah nicht so aus, als ob sie sich einmischen wollte. "Vielleicht freut sich Betty sogar, weil *sie* die Diebin ist ...", schoss es Janina durch den Kopf.

Aus heiterem Himmel tauchte Mo neben ihr auf. "Are you all **crazy**?", schrie er die anderen an. "My sister's not a thief, she's never stolen anything in her whole **life**!"

"Maybe you're a thief, too?", rief Kim. "Maybe you work **together**, and then you can be **witnesses** for each other?" Mit zusammengekniffenen Augen fixierte sie abwechselnd Mo und Janina. "I've been watching you, and you've been behaving strangely."

Janina spürte, dass Denise ein wenig von ihr abrückte. Hatte sie sich tatsächlich von diesen Vorwürfen beeindrucken lassen? Aber sie war doch bei ihr gewesen! Oder war das Ganze eine abgekartete Sache? Janina konnte nicht mehr klar denken. Sie fühlte sich so heiß wie in einem glühenden Ofen. Sie und Mo Diebe? Das war doch völlig abgedreht!

---

crazy verrückt
life Leben
together zusammen
witnesses Zeug(inn)en

"Help, please!", rief Janina verzweifelt, als sie Marc entdeckte, der da stand und sich die Szene mit verschränkten Armen ansah wie ein spannendes Theaterstück. In dem Moment tauchten aber auch schon Emma, Paul und Giovanni auf.
"Stop this **immediately**, everybody. **What's going on here?**", brüllte Paul mit dröhnender Stimme. "I want all of you to go to your tents. We're going to talk to Janina and Mo."
Emma und Paul verscheuchten alle, während Giovanni schon mit Janina und Mo in das Küchenzelt ging.

---

immediately sofort
What's going on here? Was geht hier vor?

The Hearing

Es war heiß und stickig im Küchenzelt. Auf den Kochplatten standen große Töpfe, in denen es brodelte. Ein seltsamer, aber angenehmer Duft erfüllte das Zelt, und Janina spürte, wie Tränen in ihr aufstiegen.

"We didn't do anything wrong! I only wanted to help and now they're accusing me of being a thief. I'm not a thief and **nor is** my brother; this is crazy!"

"Ssh", versuchte Emma sie zu beruhigen und nahm sie in den Arm. Das machte alles nur noch schlimmer. Der Kloß in Janinas Kehle wurde unerträglich und sie schluckte. "Ssh", wiederholte Emma, "I believe you."

Da schossen die Tränen nur so aus Janina heraus. Sie konnte einfach nicht begreifen, wieso die anderen plötzlich sie und ihren Bruder verdächtigten. "It's not fair, why are they doing this to us?", schluchzte sie wütend.

Moritz saß da und fühlte sich wie in einem schlechten Film. Aber er wusste gleichzeitig, dass es durchaus kein Film war. Er sah seine Schwester weinen, während er selbst sich wie gelähmt fühlte.

---

hearing Verhör
nor is auch nicht

Patricia kam ins Zelt und setzte sich dazu. "Some of the **kids** are saying that you**'ve hidden** something in the forest."

Janina fuhr hoch. "What did they say?" Sie starrte die Betreuerin ungläubig an. Das konnte doch nicht wahr sein. Sie hatte das einfach so dahergesagt! Wo sollte sie die gestohlenen Sachen verstecken, vielleicht wie einen Schatz im Wald … das hatte sie gesagt – und das nahmen die jetzt ernst?! Das war doch nicht zu glauben!

"That's not **true**, is it?" Patricia durchbohrte sie mit ihren blitzenden Augen, und Janina hatte das Gefühl, sie würde sie bis auf die Knochen durchschauen. Aber das war ihr egal, denn sie hatte schließlich nichts zu verbergen. "Some of the kids **told** me that you said you'd buried the stuff under a tree."

Janina schüttelte wild den Kopf. "This is crazy! I told them that I wouldn't know where to hide it, and I asked them if they thought I'd buried it like a pirate's treasure in the forest – but that was a joke! I didn't do anything like that! What do you think of me?!"

Janina fühlte sich wie eine Gefangene. Was sollte sie jetzt noch sagen? Sie sah durch ihren Tränenschleier zu

---

kids Kinder
have hidden hast versteckt
true wahr
told haben erzählt

Moritz. Der hockte da, zusammengekauert, wie ein Häufchen Elend. Das machte sie noch wütender. Wie konnte man nur ihren kleinen Bruder verdächtigen! "And how **dare** anybody accuse my brother of stealing anything! He'd never do that!", verteidigte sie Moritz. Mo hörte das gar nicht richtig, alle Geräusche drangen zu ihm wie durch Watte. Das Licht in dem Zelt war so unwirklich, und er konnte sich nicht konzentrieren, er verstand einfach nicht, wie das alles hatte passieren können.

Auf einmal schoss ein Junge ins Küchenzelt. Völlig aufgeregt hielt er Mos Ladegerät hoch in die Luft und fuchtelte damit herum. "Look! He's got this **charger** in his rucksack, but he doesn't need it for anything he's got with him. We only found a Gameboy. Why's he got this if he doesn't ..."

Simon tauchte hinter ihm auf und unterbrach seine Beschuldigungen. "You searched our tent **without** asking! How dare you to do that? Mo's not a thief – I was with him the whole time and he didn't even look at any mobiles or anything **else**! I'll bet my life that he didn't steal anything!"

---

dare kann es wagen
charger Ladegerät
without ohne
else sonst

Simon war ganz außer Atem. Jetzt erst regte sich etwas in Moritz, es war, als ob er durch die Aussage seines Freundes endlich aufwachte und erkannte, in was er da hineingeraten war. Simon war gerade sein Zeuge, wie in einem Gerichtssaal! Und jetzt musste er auch noch rechtfertigen, dass er das Ladegerät dabei hatte!
Mo räusperte sich. "I only **brought** the charger with me because my sister's got her mobile and her iPod with her. I was sure she'd forget to bring a charger, and I wanted to **surprise** her ..." Er hatte das Gefühl, es war ganz egal, was er sagte, alles würden sie gegen ihn verwenden, aber Simon, der würde zu ihm halten. Und natürlich seine Schwester.

Janina realisierte plötzlich, dass Betty und Marc nicht im Zelt waren. "Where are Betty and Marc?", fragte sie.
Die anderen sahen sich betroffen an. Paul machte eine ausladende Handbewegung. "They definitely didn't have anything to do with this. I can see that you **suspect** them, and **I'm afraid** I can't tell you what's going on, but they're having other problems." Mehr verriet Paul nicht. Aber es genügte, um Janina begreiflich zu machen, dass sie mit ihrer unausgesprochenen

---

brought habe mitgebracht
surprise überraschen
suspect verdächtigen
I'm afraid ich fürchte

Verdächtigung falsch lag. Janina schüttelte den Kopf. Es ging ihr nicht darum, andere vielleicht Unschuldige anzuklagen, es ging ihr nur darum, den wirklichen Dieb zu finden.

Giovanni schickte den Jungen mit dem Ladegerät hinaus, er sollte es zurückbringen und die Finger von Mos Sachen lassen.

Simon aber durfte bleiben, und er hockte sich auf den Boden neben Mo. Janina war froh, dass ihr Bruder so schnell einen richtigen Freund gefunden hatte.

Jetzt ergriff Emma das Wort. "I'm **quite** sure that you didn't do this. But we've got a problem now. All the kids believe that you did. And the thief might keep stealing things. I think you two – and your friend Simon, if you like – should stay with us until we find the thief. If something happens again, this will be the **proof** that it was somebody else."

"And if not?", flüsterte Mo und alle sahen zu ihm.

"If not what?", fragte Emma.

"If the thief stops stealing, it really will look as if we did it!"

Emma nickte nachdenklich. "Yes, that's true. **Oh dear.** You're right."

So klug war ihr kleiner Bruder. "Can I say something?"

---

quite ganz
proof Beweis
Oh dear. Oje.

Niemand hatte bemerkt, dass Elizabeth hereinkommen war. Sie stand da mit ihrem Kuschelkater, den sie wie ein Schutzschild vor sich hielt. "I need to say something."
"Go on, Elizabeth", ermunterte Patricia sie.
Unsicher sah Elizabeth zu Janina. Janina spürte, wie ihr Herz raste. Würde Elizabeth sie jetzt etwa auch beschuldigen? Von ihr hätte sie es am wenigsten erwartet.
"I want to say that Janina is definitely not the thief", sagte Elizabeth leise, und Janina seufzte erleichtert. Nun hatte auch sie eine Zeugin. "I was with Janina a lot, and it's **impossible** that she could have stolen something without me noticing."

Eine Weile war es ganz still im Zelt. Dann redete Elizabeth weiter. "Amy and Kristin are **going on and on** about you being the thief, and they won't listen to me. They're horrible." Elizabeth lächelte Janina an, aber es war nicht zu übersehen, dass es ihr gar nicht gut ging. Janina war Elizabeth unheimlich dankbar und versuchte zurückzulächeln.
Giovanni winkte die verschüchterte Elizabeth zu sich. "Thank you very much, Elizabeth. It was very important that you **came**, because now there's no **doubt**

---

impossible unmöglich
going on and on reden unaufhörlich
came gekommen bist
doubt Zweifel

at all that Janina and Moritz are **innocent**. We have to tell everybody now – I want all these **accusations** to stop!"

Janina und Mo fiel ein riesiger Stein vom Herzen. Sie waren unschuldig, sie hatten Zeugen, und die Betreuer glaubten ihnen. Die beiden lächelten sich erleichtert an.

"And I want to talk to Amy and Kristin", bestimmte Emma. Ihre Stimme klang drohend, und Patricia verließ sofort das Zelt, um kurz darauf mit den beiden Mädchen zurückzukehren.

Amy und Kristin standen da mit bockigen Gesichtern.

"We only wanted to help! Nobody likes being **surrounded by** thieves!", verteidigte sich Kristin.

"Well, my dear", sagte Emma mit einem seltsamen Lächeln. "I'm afraid you didn't help at all. **Both of you** did **exactly** the **opposite**. You accused Janina and Moritz of being thieves without any proof at all! And this is what I **call bullying**!"

"Bullying?" Schnippisch wiederholte Amy, was Emma in den Raum geworfen hatte.

---

innocent unschuldig
accusations Anschuldigungen
surrounded by umgeben von
both of you ihr beide
exactly genau
opposite Gegenteil
call nenne
bullying Mobbing

Emma blieb ganz ruhig. "Yes, my dear, bullying. And in my eyes this is a very bad **crime** – even **worse** than stealing."
"A crime?" Entgeistert rissen die beiden Mädchen die Augen auf.
Emma nickte. "*You* are the **criminals** for behaving like you did, because you accused an innocent person." Emmas Ton war deutlich strenger geworden. "Of course no one likes a thief, but bullying is even worse. I really hate it!"
Amy und Kristin standen da wie zwei begossene Pudel.
"I want **you** two **to apologize** to Janina and Moritz, **in public**."
"You mean, in front of everybody?" Amy war entsetzt.
"But we're not the thieves!", verteidigte sich Kristin.
Emmas Augen blitzten. "Can you **prove** that?"
Emma drehte den Spieß einfach um. Warum auch nicht? Vielleicht waren die beiden ja die Diebinnen? Die zwei sahen hilfesuchend zu Janina und Elizabeth.

---

crime Verbrechen
worse schlimmer
criminals Verbrecher(innen)
you to apologize dass ihr euch entschuldigt
in public öffentlich
prove beweisen

"Well, we're all in the **same** tent, so they can ...", begann Amy. Dann hielt sie inne, weil sie soeben im Begriff war, die von ihr angeklagte Janina als Zeugin zu nennen!
Jetzt wird's ganz verrückt, dachte Moritz und musste lachen. Alle schauten ihn fragend an. "This is crazy. I'm sorry, I have to laugh", gluckste er. Und dann platzte er los. Er sah die zwei Mädchen da stehen, plötzlich im Mittelpunkt, als seien sie selbst die Diebinnen. Mo vermutete, dass er ebenso blöd geguckt hatte, als sie ihn verdächtigt hatten, und er konnte nicht mehr aufhören zu lachen, bis Paul ihm seine große schwere Hand auf die Schulter legte.
"**Calm down** now, please, Mo. I know you're only laughing because you're **relieved**. We know that the thief is definitely not one of us", und dabei schaute er auch Amy und Kristin an. "But there's still a thief in our camp, and he or she, or they – because it might be more than one – must be **caught**."
Wieder wurde es ganz still. Stille kann auf eigenartige Art sehr laut sein.
Aber Moritz und Janina fühlten sich anders als vorher. Die beiden sahen sich an, und sie waren so unsagbar

---

same gleich
Calm down. Beruhige dich.
relieved erleichtert
caught gefasst

erleichtert – und mit einem Mal wild entschlossen, den Dieb gemeinsam zu fangen.
Und dann entwarfen sie mit den anderen einen trickreichen Plan, mit dem man dem Dieb hoffentlich schon bald das Handwerk legen konnte.

Ungefähr eine halbe Stunde später waren alle Kinder und Betreuer auf dem Platz vorm Küchenzelt versammelt.
"There'll be no activities today. We'll start them tomorrow", begann Giovanni seine Rede. "But we're happy to be able to tell you that Janina and Moritz are definitely innocent."

"I was with Mo the whole time", erklärte Simon selbstbewusst.
"And I was with Janina", ergänzte Elizabeth.
Amy schaute auf ihre Fußspitzen. "And we were wrong. We were all in one tent and we would have noticed if Janina had stolen anything. I want to say sorry to Janina and Moritz, because we shouldn't have accused them", sagte sie kleinlaut.
"Me too", hauchte Kristin.
Ein Raunen war zu hören, sonst nichts. Alle saßen an den Tischen, allerdings dieses Mal ohne irgendeine Leckerei von Emma. Manche guckten beschämt, andere neugierig, wieder andere erleichtert.
Jetzt trat Emma vor, um das in die Tat umzusetzen, was sie sich gemeinsam im Küchenzelt ausgedacht hatten.

Janina und Moritz, Elizabeth und Simon, Patricia, Giovanni und Paul beobachteten alle mit Argusaugen. Und Emma strahlte. "We have some more good **news** for you. The person who took the things came to see me ..." Angestrengt achtete Janina auf jede Regung der Zuhörer. Wer würde stutzen und sich dadurch hoffentlich verraten? Wer würde den Kopf schütteln, wer die Stirn runzeln? Denn Emma log – niemand war bei ihr gewesen. Es war eine Falle.

Emma sprach weiter. "The thief said sorry and said that we'll get everything back. So we know who it was now, and that person has promised not to do it again."

Leider guckten ganz viele Kinder verwirrt, einige lachten oder redeten miteinander. Der Dieb aber verriet sich nicht. Die Falle hatte nicht funktioniert.

Janina fühlte sich plötzlich beobachtet. Ihr Blick wanderte und begegnete Steven. Er strahlte sie an. "I knew it wasn't you or your brother!", rief er ihr zu. "I'm glad they're not accusing you any more!"

Janina wurde schon wieder rot. Das begann zu nerven. Aber sie freute sich über Stevens Bemerkung. Sie sah sich um und bemerkte fast bewundernde Blicke von allen Seiten. Wie schnell sie ihre Meinung geändert haben, dachte sie und erschrak für einen Moment. Aber dann genoss sie es einfach, denn es tat gut nach den Beschuldigungen.

---

news Nachrichten

Moritz, Simon, Janina und Elizabeth beschlossen anschließend, Emma bei der Vorbereitung zum Lunch zu helfen. Sie schluckten, als Carole ins Zelt gerauscht kam. "So, where's my CD player? When can I have it back?"
Emma blieb cool – Moritz fand sie einfach nur großartig. "Oh dear, I'm afraid it's **evidence**. I need to keep

---

evidence Beweismaterial

it for a couple of days, to see whether our little thief will steal again or whether we can really trust him."
Carole blinzelte, Mo sah ihr an, dass sie nicht wusste, was sie davon halten sollte. Aber sie traute sich nicht, Emma zu widersprechen. Die lächelte sie weiterhin freundlich an. "Anything else, dear? Did you want to help us with the food?"
"Not really", maulte Carole und verzog sich schnell. Kaum war sie verschwunden, mussten sich alle hinsetzen vor Lachen.
"You're a great **liar**!", kicherte Simon.
"**Brilliant**!", presste Moritz heraus. Emma hatte Carole so wunderbar abblitzen lassen!
Emma wackelte lachend mit dem Kopf. "Well, when I have to be! I don't like doing it, though." Sie wurde ernst. "Now everybody in the camp feels free again because they believe the stealing will stop. But I'm afraid that the thief will **strike** again."
Das Lachen blieb ihnen im Hals stecken. Emma hatte recht. Sie mussten den wahren Dieb fassen, und zwar so schnell wie möglich.

---

liar Lügner(in)
brilliant genial
strike zuschlagen

The Thunderstorm

Eine schwülfeuchte Hitze lag über dem Zeltplatz. Viele stöhnten. Die Betreuer beschlossen, dass alle zum See gehen sollten. Ihr Vorschlag wurde begeistert aufgenommen.

"Go and get your swimming costumes or swimming trunks, a towel, suntan lotion, and **swimming goggles** if you have any", schlug Giovanni vor. "The water life in the lake is very interesting."

Janina lief zu ihrem Zelt, stutzte, als Betty und Marc streitend aus dem Wald auftauchten, und versteckte sich hinter einem Zelt. Dann sah sie Patricia auf die beiden zustürmen.

"What's going on with you two?", fragte Patricia aufgebracht. "Can we still **count on** you or not?"

"Yes, you can. Please just give us some time", war Bettys knappe Antwort.

Patricia zuckte die Achseln. "We **had to deal with** some problems to do with the stuff that got stolen, and now it's so hot that we've decided to take the kids to the lake. We need someone to look after the camp. Can you do that? Then Emma and Paul can come with us."

---

swimming goggles Schwimmbrille
count on zählen auf
had to mussten
deal with uns kümmern um

Es entstand eine kleine Pause. Janinas Herz pochte, als sie ihren Kopf weiter vorstreckte, um zu sehen, was gerade passierte. Betty und Marc sahen sich an und nickten schließlich.
"You mean make sure that nobody comes back and steals anything from the tents? **All right**, we can do that", versprach Marc.
"Make sure nothing's gone when we come back", sagte Patricia und lief weiter, vermutlich um ihr Schwimmzeug zu holen.
Janina beobachtete, wie Marc Betty etwas zuflüsterte. Wütend stieß sie ihn zurück. "Forget it", schnauzte sie ihn an, wendete sich ab und ging. Marc stand noch einen Augenblick da und schaute ihr nach.
Plötzlich klopfte jemand auf Janinas Schulter – sie konnte gerade noch einen Schrei unterdrücken und fuhr herum. Da stand die kleine Denise mit ihrem Schwimmzeug. "What are you doing here? Can I go with you to the lake?" Sie sah sie mit so unschuldigem Hundeblick an, dass Janina grinsen musste.
"Okay. I still have to pick up my stuff, but you can go with me."
Janina lief zum Zelt, wo die anderen bereits ihre Sachen zusammengeklaubt hatten. Elizabeth wartete schon

---

All right. In Ordnung.

auf sie und schaute ein wenig eifersüchtig, als sie Denise in Janinas Schlepptau erblickte. Aber Janina hakte sich einfach bei beiden ein und sie gingen gemeinsam zum Hauptplatz.

Singend und lachend liefen sie durch den Wald bis zum See, der mit seiner spiegelglatten Oberfläche da lag wie ein Gemälde.
"Do you know the story of Loch Ness?", fragte Simon.
Moritz hatte eine vage Ahnung, dass es sich dabei um ein Seeungeheuer handelte. "Loch Ness is a lake in **Scotland** with a monster, isn't it? But it's only a story, not a real monster, right?"
"Well, you can't **ignore** the **fact** that lots of people say they've seen the Loch Ness Monster. Sometimes people forget about it for a while, and then someone else **claims** that he or she has seen it. The lake is very **deep**, and people who live **nearby** say that there are lots of strange **creatures** in it."

Scotland Schottland
ignore ignorieren
fact Tatsache
claims behauptet
deep tief
nearby in der Nähe
creatures Geschöpfe

"So maybe it's a **giant** fish or something?" Moritz schaute beunruhigt auf den kleinen See. Mit seiner Frage zu Loch Ness hatte Simon auf jeden Fall eins erreicht: Moritz vermutete schon kleine Ungeheuer direkt unter der Wasseroberfläche.
Simon lachte, warf in Windeseile seine Sachen auf das Handtuch und setzte sich die Taucherbrille auf. "Let's go and see what we can find in there. Maybe we'll **discover** an interesting **prehistoric** animal. We'll be famous!" Und damit rannte er zum Wasser.
Moritz zögerte und sah sich um. Janina stand in einer Traube von Mädchen, dabei waren auch Amy und Kristin. Den beiden tat wohl wirklich sehr leid, was sie angerichtet hatten, und jetzt bemühten sie sich ganz offensichtlich um seine Schwester. Recht so. Moritz sah zum See. Simon war nirgends zu entdecken. Moritz' Herz klopfte – da tauchte Simon prustend auf und winkte ihm zu. "Come on, no monster **in sight**!" Simon lachte und tauchte wieder unter.

Janina schaute zu, wie Paul und Emma eine Decke auf das kleine Stück Strand legten, auf der sie Früchte, Nüsse und diverse Naschereien ausbreiteten. Getränke gab es nicht, denn Emma bestand darauf, dass alle das

---

giant riesig
discover entdecken
prehistoric urzeitlich
in sight in Sicht

Wasser aus dem See tranken. "You'll find no better water anywhere. I've been drinking this water **ever since** we discovered the lake and I've been **strong** and healthy ever since."

"You could sell it and get rich!", vermutete Amy.

Emma schüttelte den Kopf. "**No way.** If **scientists found out** how healthy the water is we'd have a lot of people coming here, and they'd **destroy** its **natural beauty**. They'd just build a lot of big hotels."

Janina nickte. Emma hatte bestimmt recht mit ihrer Befürchtung. Emma war ein Schatz! Sie könnte viel Geld machen, aber sie verbrachte ihre Zeit damit, Kinder zu bekochen – und sie schien es zu genießen. Janina bewunderte Emma. Sie war anders als alle Erwachsenen, die sie kannte.

"But now into the water, all of you! Don't forget, we're expecting a thunderstorm!", rief Emma jetzt und scheuchte die Kinder ins Wasser.

---

ever since seitdem
strong stark
No way. Auf keinen Fall.
scientists Wissenschaftler(innen)
found out herausfänden
destroy zerstören
natural natürlich
beauty Schönheit

Janina hatte Emmas Kaffeetassen-Prophezeiung schon fast vergessen. "Are you sure that your **prediction** will come true?"
Emma nickte vehement. "Definitely! Coffee and sugar always tell you the **truth**!" Dann kicherte sie. "But it's not very healthy to drink a lot of it. It's better to drink water!"
Janina ließ sich von Elizabeth und Denise zum Ufer ziehen und dann rannten sie gemeinsam hinein in das erfrischend kühle Wasser.

Aus völlig heiterem Himmel donnerte es plötzlich laut und bedrohlich.
"**Quick**! Get out of the water immediately! Everybody out of the lake!", schrien die Betreuer durcheinander. Alle kraulten und tauchten an Land und trockneten sich in Windeseile ab. Ein kalter Wind war aufgekommen und strich durch die Bäume.
"Get all your stuff and let's go **straight** into the forest!", kommandierte Giovanni, während er Emma und Paul half, einzupacken.

---

prediction Vorhersage
truth Wahrheit
quick schnell
straight direkt

AHOI!

"Listen, everybody. **Drop** anything **metal**, and **crouch down** when the storm gets **closer**. Don't **touch** the **ground** with more then your feet. Okay?", erklärte Patricia.
Moritz' Haut kribbelte. Ihm fiel plötzlich ein, dass Elektrizität ja schließlich Spannung ist. Neben ihm zählte Simon die Sekunden. "I'm trying to **work out** how far **away** the storm is", erklärte er. Aber er kam nicht weit mit dem Zählen, denn ein wahnsinnig lauter Donnerschlag krachte auf sie herunter, und schlagartig begann es wie aus Eimern zu regnen. Die Baumwipfel bogen sich unter dem Gewicht der Wassermassen.
"It was a **waste of time** getting dry", kicherte Simon und schaute nach oben.
Die Bäume schützten sie zwar, aber der Regen sickerte doch an vielen Stellen durch. Simon öffnete den Mund und fing den Regen auf.
Moritz liebte Unwetter. Wie alle anderen hockte er zusammengekauert da, aber er genoss das Gewitter.

---

drop lasst fallen
metal metallisch
crouch down geht in die Hocke
closer näher
touch berührt
ground Boden
work out berechnen
away entfernt
waste of time Zeitverschwendung

Leider zog es ebenso schnell weiter, wie es gekommen war. Viele froren, durchnässt, wie sie waren, und die Betreuer scheuchten sie zurück zum Zeltlager.

Während die meisten warm duschten und trockene Klamotten anzogen, war Emma im Küchenzelt nicht untätig. Auf den Tischen standen bereits große Töpfe mit etwas, das aussah wie Spaghetti, dazu gab es eine grüne, wohlriechende Soße, die an Pesto erinnerte. Janina spürte auf einmal großen Hunger, ihr Magen knurrte bei dem Duft und das Wasser lief ihr nur so im Mund zusammen.

Es schmeckte herrlich, und von allen Seiten hörte man bald nur noch genießerisches Schmatzen und Ausrufe wie "delicious!", "great!", "**fantastic**!", "wonderful!".

"Emma, what is this made of?", wollte Amy wissen.

"Well, you wouldn't believe it, but the spaghetti is made from the **inner bark** of the **birch tree**. It's full of **vitamins** and it's delicious, don't you agree? The forest is full of things that are good to eat, but you have to know what you're doing or you might end up

---

fantastic fantastisch
inner innere
bark Baumrinde
birch tree Birke
vitamins Vitamine

eating something **poisonous by mistake**! And the **sauces** are made from different herbs that **grow** around here. It's very healthy and **filling**, and it also makes you fit. Fit and full!" Sie lachte so herzlich, dass alle mit einstimmten.
Die Kinder waren glücklich und zufrieden, das Gewitter war abgezogen, und der Himmel lachte, als sei nichts gewesen. Es schien also noch ein perfekter Nachmittag zu werden.
Aber plötzlich tönte es aus einem der Zelte: "My mobile phone has gone!"
Aus einem anderen Zelt kam: "My MP3 player has vanished!"
Und dann: "Where the hell is my CD player?"
Und: "I can't find my iPod!"
Während sie am See waren, hatte der Dieb offenbar ganze Arbeit geleistet.

---

poisonous giftig
by mistake aus Versehen
sauces Soßen
grow wachsen
filling sättigend

Manhunt

Janina stand im Küchenzelt mit Emma, Paul und Giovanni. Patricia war duschen, Betty und Marc waren wie üblich verschwunden. Und genau darüber wollte Janina mit den anderen Betreuern reden. Schließlich hatte sie das Gespräch belauscht, in dem Patricia die beiden gebeten hatte, aufzupassen, während alle anderen schwimmen waren. Es konnten also nur die zwei gewesen sein!

Die Betreuer wirkten sehr betroffen.

“Well, I guess we have to tell you the truth about Betty and Marc now, don't we?” Giovanni sah Emma und Paul fragend an. Die beiden nickten. “But you must promise not to tell anybody else.”

Janina nickte eifrig. Natürlich würde sie keine Geheimnisse ausplaudern! “Of course not”, versprach sie.

Giovanni räusperte sich. “Betty and Marc **used to be** a couple, and they were very happy together. But then Marc had an **affair** with another girl, and since then things have been difficult between them.”

“Poor Betty”, seufzte Emma. “**Relationships** are never easy, but you definitely have to be able to trust

---

manhunt Verbrecherjagd
used to be waren mal
affair Affäre
relationships Beziehungen

each other. I think she should try to **forgive** him. Marc doesn't really want to leave her."
"Whatever poor Marc tries to do, it's always wrong", fügte Giovanni hinzu.
Paul kratzte sich nachdenklich am Kinn. "But I'm sure they didn't take anything. They're just so **busy** with **themselves** that they don't notice what's going on around them. To you they must look like **suspects**. But I'm sure they'd never steal anything."
Vielleicht brauchen sie einfach Geld, dachte Janina – aber sie sagte nichts. Die Betreuer kannten sich schon lange, also konnte und wollte sich niemand Betty und Marc als Diebe vorstellen, die hier die Kinder beklauten.
Das war ja auch keine besonders tolle Vorstellung.

Moritz hockte neben Simon, der völlig verzweifelt in seinen Taschen herumsuchte. "I can't find it, it's definitely gone. Oh shit, it's gone and I'll never get anything like that again. My parents have no money at all. **Dammit!** Shit!"
Moritz war entsetzt. Der arme Simon. Sein MP3-Player war verschwunden. "How can I help? Do you

---

forgive vergeben
busy beschäftigt
with themselves mit sich selbst
suspects Verdächtige
Dammit! Verdammt!

think you might have taken it with you to the lake and left it there?"
Das war zwar unwahrscheinlich, aber doch wenigstens ein Funken Hoffnung. Simon dachte einen Augenblick nach. Dann schüttelte er den Kopf und wühlte weiter in seinem Rucksack.
"No, I didn't. To be honest, I'm sure that I left it hidden in my sleeping bag. So **there's no point in** searching for it."
Simon ließ sich rücklings auf seinen Schlafsack fallen und starrte an die Zeltdecke.
"We have to do something to find the thief", flüsterte Mo.

"Right, but what can we do? If we **guard** one **side** of the camp he or she might steal something on the other side. And we can't guard all the tents day and night. It's impossible", erwiderte Simon resigniert.
"Well, we have to try", beschloss Mo.
Simon rollte sich auf die Seite. "What's your plan?"
"There are times when it's easier for a thief to get into a tent and take something, like when everybody's eating or sitting by the fire …"
"… or swimming in the lake …", seufzte Simon.
"Yes. Let's start in the evening."

---

there's no point in es ist zwecklos
guard bewachen
side Seite

"Well, we **might as well** try. It's better than doing nothing, I **suppose**." Simon wirkte mutlos, aber Moritz freute sich, dass er trotzdem mitmachen wollte.

Die Jungen suchten Janina und Elizabeth und weihten sie in ihren Plan ein.
"Now that there are four of us, two of us can **patrol** the camp while the others stay by the campfire and **observe** people", schlug Moritz vor.
"I don't know **most of** the people here yet!", wandte Elizabeth ein.
"I do**n't** know many people, **either**. We only arrived yesterday!", bestätigte Janina.
Wie verrückt, es kam Moritz so vor, als sei er schon eine kleine Ewigkeit hier. So viel war passiert seit ihrer Ankunft gestern.
"**It doesn't matter.** We have to do something", entschied er.

Und am Abend, als alle um das Feuer herumsaßen, verzogen sich zuerst Janina und Elizabeth nachein-

---

might as well könnten genauso gut
I suppose nehme ich an
patrol patroullieren
observe beobachten
most of die meisten
not either auch nicht
It doesn't matter. Es macht nichts.

ander. Als sie zurückkehrten, waren schon viele Kinder in den Zelten verschwunden. Die beiden hatten nichts Auffälliges bemerkt. Steven telefonierte gerade mit seinem Vater. "You're lucky, you've still got your mobile", seufzte Elizabeth, als sie sich neben ihn setzte.

Er lächelte verschmitzt. "That's because I always carry it with me. What about you, have you lost anything else?"

Elizabeth schüttelte den Kopf. Außer ihrem Handy war bisher nichts verschwunden.

"And you?", erkundigte Steven sich bei Janina, die neben Elizabeth saß.

Sie schüttelte den Kopf. "No, I've still got my iPod and my mobile. That's a good idea, though, I'll keep them with me all the time **from now on**."

"It's horrible that we can't really trust each other any more in this camp", meinte Elizabeth.

Janina nickte. "That's the worst thing about it."

Auch Steven nickte und gähnte dann herzzerreißend. "I'm sorry, I have to go to sleep. I'm not **used to** living in a tent with three **snoring** boys", grinste er. "I always try to get some sleep before they go to bed."

---

from now on ab sofort
used to daran gewöhnt
snoring schnarchend

Janina lachte – was für eine Vorstellung, drei schnarchende Jungs auf einem Haufen.
"He's really cute", flüsterte Elizabeth, als Steven verschwunden war.
Janina nickte. "Very cute!" Und dann kicherten sie beide.
Janina setzte sich nach einer Weile neben ihren Bruder ans Feuer. Giovanni spielte gerade traurige italienische Lieder auf der Gitarre. Amy versuchte mitzusingen – sie konnte ein bisschen italienisch. Die anderen lauschten fast andächtig. Janina dachte plötzlich an zu Hause, an München und daran, dass es ja bald nicht mehr ihr Zuhause sein würde. Sie kuschelte sich an ihren Bruder und starrte mit ihm ins Feuer. Ob er dasselbe dachte?
Aber Mo hatte andere Sorgen. "Well?", flüsterte er. "Did you see anything suspicious?"
Janina schüttelte den Kopf. "No, just people going to sleep."
"Well, time for a **change of guard**", seufzte Mo. "I suppose **it's our turn** now, isn't it?" Er erhob sich und verschwand in der Dunkelheit.
Kurze Zeit später folgte ihm Simon unauffällig.

---

change of guard Wachwechsel
It's our turn. Wir sind an der Reihe.

One Night Alone in the Forest

Mo und Simon spazierten möglichst unauffällig zwischen den Zelten herum. Nichts Ungewöhnliches geschah. Irgendwann blieb Simon stehen und verschränkte die Arme vor der Brust. “It’s boring walking around here. Let’s go up the hill and see whether the **view** of the camp is any better from there.”
Moritz nickte begeistert. “That’s a great idea! With the moon and stars out we’ll see anything that **moves**, even a **rat**.”
“So let’s go!” Simon schlich voraus, hinaus aus dem Camp und den Hügel hinauf, so schnell er konnte, dicht gefolgt von Mo. Oben duckten sie sich hinter einen Busch. Von hier hatten sie einen fantastischen Überblick über das Camp. Aber plötzlich fiel Moritz etwas ein.
“We might **get into trouble** when everyone goes to bed. Matt and Dennis will **realize** that we’re not in our tent.”
“Oh shit, you’re right!”, schimpfte Simon.

---

alone allein
view Blick
moves sich bewegt
rat Ratte
get into trouble Ärger bekommen
realize bemerken

"Maybe we should have told Janina what we were doing", murmelte Mo.
Aber da stieß ihn Simon an. "Look! What's that **over there**?"
Mo ließ seinen Blick über das Camp schweifen. "I can't see anything", flüsterte er nervös.
"Over there, behind the toilets!"
Jetzt sah Mo, was Simon meinte: Jemand schlich um die Toiletten herum.
"Can you see whether it's a grown-up or a child? **Male** or **female**?", wisperte Simon aufgeregt.
"I'm not sure ..." Mo konnte es beim besten Willen nicht sagen.
"Well, we**'ve got to follow** this person, because if we stay here he or she or it is going to **disappear** into the forest."
Simon hatte recht. Mo war stolz, denn sein neuer Freund kombinierte wie ein echter Detektiv. Er robbte hinter Simon ein Stück den Hügel hinunter, um dann schnell und so lautlos wie möglich um das Camp herum in Richtung Klohäuser zu rennen. Sie sahen gerade noch jemanden zwischen den Bäumen verschwinden.

---

over there da drüben
male männlich
female weiblich
have got to müssen
follow folgen
disappear verschwinden

"Could be anybody", sagte Mo.
So leise sie nur konnten, folgten sie der verdächtigen Person. Ein leichter Wind strich durch die Bäume. Erleichtert nahm Mo das Geräusch der Zweige wahr, das ihre eigenen Schritte fast unhörbar machte. "Great, the wind is helping us."
Wie um eine Antwort zu geben, knackte ein Ast laut unter Simons Füßen. Erschrocken hielten sie inne und lauschten. Stille, Blätterrauschen, Rascheln.
"What if there's a **werewolf** hiding in the forest?", wisperte Simon.
"Simon! I don't need to **be** more **afraid** than I already am!" Moritz verzog sein Gesicht zwar zu einem Grinsen, aber irgendwie stachelte Simons Bemerkung seine Fantasie in eine Richtung an, die ihm ganz und gar nicht behagte. So wie das Ungeheuer von Loch Ness.
"Well, I'd prefer a werewolf to vampires, or even bats. I wonder whether bats live around here. What do you think?", überlegte Simon ungerührt weiter.
Mo wollte ihn unbedingt bremsen. "I think we're going to lose our suspect if you keep talking **rubbish**", flüsterte er und lauschte in die Nacht.
Simon seufzte. "All right, I'll try to **control** myself."

---

werewolf Werwolf
be afraid Angst haben
rubbish Quatsch
control beherrschen

Sie horchten wieder. Es waren eindeutig Schritte, die sie hörten. "He's coming back, he heard us!", fürchtete Mo.

Aber die Schritte, die durch das Unterholz knirschten, wurden leiser. Mo schlich in die Richtung, Simon hinterher, bis sie auf eine Straße stießen.

Wie lange sie inzwischen unterwegs waren, wussten sie nicht.

"We're not supposed to cross the road. We might not find our way back." Simon klang mit einem Mal wirklich ängstlich.

Mo verstand ihn gut. Ihm ging es nicht anders. "What do you think? Should we go on or not? I mean, if you don't want to continue ...", sagte Mo.

"Of course we go on, dammit", erwiderte Simon und schaute nach rechts und links. "It's just a bit dangerous. He might see us crossing the road; there are no trees or anything to hide us. Shit, I don't like this at all, but ... I guess we have to do it if we want to save our holiday." Und schon rannte Simon über die kleine Straße.

Moritz lauschte eine Sekunde lang, und als er nichts hörte, rannte er auf möglichst leisen Sohlen hinter seinem Freund her.

Am Lagerfeuer saßen nur noch wenige Kinder mit Patricia und Giovanni. Plötzlich tauchte Dennis aus dem Dunkel auf und flüsterte mit Giovanni.

"Do you know where Mo and Simon are? They're not in their sleeping bags. I just wanted you to know."
"Thanks a lot, Dennis", wisperte Giovanni. "Don't worry, we're working on something together. We know where they are. It's all right, you can go back to sleep."
Dennis nickte und verschwand wieder.
"That caught me **unprepared**", murmelte Giovanni so leise, dass es nur Janina hören konnte, die ganz nah bei ihm saß. "Dennis just told me that Mo and Simon are gone."
Janinas Herz begann laut zu klopfen. "They're guarding the camp, that's why they're not in their tent", meinte sie.
Giovanni seufzte erleichtert. "Okay, thanks, Janina. You go to sleep now. It's our job to guard the camp during the night." Giovanni begann das Feuer zu löschen, und die anderen Kinder gingen zu ihren Zelten.
"I'd like to have a look for Mo and Simon before I go to bed – just to make sure everything's all right", schlug Janina vor.
Giovanni nickte. "Fine."
Janina und Elizabeth schlichen durch das Camp, ganz leise und vorsichtig, um niemanden zu wecken. Aber sie fanden Mo und Simon nicht. Aufgeregt liefen sie

---

unprepared unvorbereitet

zurück zum Feuerplatz, an dem Giovanni und Patricia noch damit beschäftigt waren, die letzten Glutreste zu löschen.
“They’ve gone! We couldn’t find them anywhere!” Janina hatte auf einmal große Angst.
Auch die Erwachsenen wirkten beunruhigt.
“Try to sleep now”, schlug Patricia vor. “We’ll look for them.”
“I can’t”, murmelte Janina besorgt.
Patricia sah sie beschwörend an. “Please trust us. Nothing really bad can happen to them around here, and you won’t help us by staying up all night.”
Irgendwie schafften es die Betreuer, Janina zu überreden. Aber es dauerte eine halbe Ewigkeit, bis sie in einen unruhigen Schlaf fiel.

A House in the Forest

"I think we've lost him or her." Simon hatte recht. Sie hatten den Dieb verloren.
"Yes, I think you're right", erwiderte Mo enttäuscht.
"So now we're really in trouble ... I don't have the **slightest** idea how to get back."
Mo dachte nach. "And we can't use our whistles, because we're definitely too far away from the camp, and the suspect might hear us."
"Great. Fantastic. I like a **challenge**." Simon versuchte seinen Humor zu bewahren.
Mo dachte fieberhaft nach. "Do you have your torch with you?"
"No", war die kurze Antwort. "What about you?"
Mo schüttelte nur den Kopf.
"Fantastic", seufzte Simon. "I mean, until **sunrise** it's still party time for vampires. Well, at least our fresh **blood** will feed them."
Mo fiel ein, dass es erst ein paar Stunden her war, dass sie in demselben Wald Schutz vor dem Gewitter gesucht hatten. Was auch immer Simon an Horrorgeschichten

---

slightest leiseste
challenge Herausforderung
sunrise Sonnenaufgang
blood Blut

erzählen würde, er beschloss, nichts davon zu glauben und dem Wald zu vertrauen – dem Wald und der Nacht.

Und dann hörte er Stimmen.

"Listen!" Die beiden hielten den Atem an. Irgendwo fiel eine Tür ins Schloss.

"Is there a house nearby? Let's see if we can find it." Mo schlich in die Richtung, aus der das Geräusch gekommen war. Simon folgte ihm, leise fluchend. Es dauerte nicht lange und sie erblickten eine Hütte mitten im Unterholz. Licht schimmerte aus den Fenstern, ein flackerndes Licht, wie von Kerzen oder alten Lampen.

"Closer?"

"Sure!"

Sie liefen um das Haus herum und warfen einen vorsichtigen Blick durch eines der Fenster.

"I don't believe it!", entfuhr es Simon, als er erkannte, wer da mit am Tisch saß. "Did you think it was him?"

Mo war vollkommen perplex. "No, never."

"Let's stay here for a while and see what they**'re up to**. It looks as if they keep the stolen **goods** here."

---

are up to im Schilde führen
goods Waren

Auf dem Tisch lagen Autoradios, CD-Player, Handys in allen Variationen, aber auch Geldbeutel, Schmuck – kurz gesagt alles, was irgendwie wertvoll war.
"Most of them are **the same age as us**. How do they get here **in the middle of** the night?", wunderte sich Moritz.
Simon zuckte mit den Achseln. "They came by car. It's a fantastic **hiding place**. Look, there's only one grown-up, and he looks horrible."
In der Hütte waren einige Kinder und Jugendliche versammelt und – wenigstens im Moment – nur ein Erwachsener, ein Mann mit einer unglaublich dicken Wampe. Ein unangenehmer Typ, das fand auch Moritz.
Simon wendete sich ab. "I'm glad I've got a knife with me." Er zückte sein kleines Taschenmesser und ließ es aufschnappen. Mo erschrak über das Geräusch, sie zogen ihre Köpfe ein und duckten sich. Flüsternd beschlossen sie, hier zu bleiben und zu warten, bis es heller wurde oder bis der Dieb wieder aufbrechen und sie zum Zeltlager zurückführen würde. Mo schaute auf seine Uhr. Es war kurz nach zwei. Sie durften nur nicht einschlafen. Es dauerte noch über eine Stunde, bis

---

the same age as us in unserem Alter
in the middle of mitten in
hiding place Versteck

Moritz Simon anstieß. Der Dieb aus dem Camp war aufgestanden und zur Tür gegangen.
“Shall we follow him?” Mo war unsicher – und hundemüde. Er sehnte sich nach seinem Schlafsack.
“He’ll **lead** us back to the camp”, erwiderte Simon gähnend. “But we shouldn’t follow him too closely.”
“I was just thinking that.”
Also warteten sie einen Moment und versuchten dann durch das Dunkel dem Dieb zu folgen. Als sie an der Straße ankamen, hatten sie die Orientierung schon verloren. In welche Richtung mussten sie gehen? Wo war der Dieb? Sie lauschten, aber der Wald lag still da, nichts war zu hören, keine Schritte, nichts.

Der Zeltverschluss wurde leise geöffnet. Janina schreckte aus ihrem unruhigen Schlaf hoch. Es war Giovanni, der seinen Kopf ins Zelt steckte. Es wurde bereits hell und die Vögel zwitscherten schon. Wieviel Uhr mochte es wohl sein? Vier Uhr? Giovanni gab Janina ein Zeichen und sie schlüpfte hinaus.
“Mo and Simon still aren’t back. Has Moritz got a mobile phone so you can call him?”
Janina schüttelte den Kopf. Ihr Herz raste plötzlich wie verrückt. Was war mit ihrem Bruder geschehen?
Giovanni wurde noch leiser. “We have to go and look for them.”

---

lead führen

"Do you want to come with us or do you want to go back to sleep? It's still very early", flüsterte Patricia.
"I can't sleep anyway. I'll come with you." Janina fuhr erschrocken herum, denn hinter ihr kam noch jemand aus dem Zelt gekrabbelt – zuerst Elizabeth, dann Amy, dann Kristin.
"We heard what you said to Janina. We want to help!", sagte Elizabeth und die beiden anderen nickten.
"Okay", meinte Giovanni. "So the two of you go with Patricia. Janina, Elizabeth, you come with me. Patricia and I **both** have mobiles with us to **keep in contact**. Let's go. Oh dear, we don't even know which direction to look in", seufzte er noch.
Janina spürte eine wahnsinnige Angst. Was, wenn der Dieb die beiden erwischt hatte?
"But you said yesterday that it was safe around here!"
Patricia nickte. "It is. But it **depends** how far they went. Don't worry – we will find them."

Moritz blieb stehen. "Which is the right **way**?", murmelte er. "We might as well stay here and wait ..." Er war auf einmal unendlich müde.

---

both beide
keep in contact in Kontakt bleiben
depends hängt davon ab
way Weg

"You're right", seufzte Simon und ließ sich einfach fallen. "If we keep on walking we might go in the wrong direction. And that seems worse to me than vampires!" Dann kicherte er. "Maybe we'll **end up** at the **airport**."
Mo musste auch lachen, das erleichterte. Er war zwar müde, aber er fühlte sich jetzt sicherer, und es sah so aus, als würde es schon hell werden – oder hatte er sich nur an das Dunkel des Waldes gewöhnt? Irgendwann würden sie jedenfalls wie die Wilden trillernd zur nächsten Straße laufen und den Weg entlang und in ein Dorf und ... Sie würden das Camp bei Tageslicht schon finden. Mo lachte befreit los, und Simon prustete ebenso laut mit. Da unterbrach sie eine Stimme.
"What the hell are you doing here?!"
Mo und Simon erschraken wie nie zuvor in ihrem Leben.
Vor ihnen stand ...
... der Dieb!

Janina schluckte. "Nothing. We can't find them anywhere. It's **hopeless**, the forest is like a labyrinth." Sie war inzwischen vollkommen aufgelöst. Wo steckte ihr Bruder? Was war mit ihm passiert? "I guess we'll

---

end up landen
airport Flughafen
hopeless hoffnungslos

have to wait another hour. It's still too dark", meinte Giovanni schließlich. "Soon we can wake everybody up so that they can help, and we'll all **spread out** to look for the boys, using the whistles. Don't worry, we'll find them."
Aber Janina war in Panik.

Moritz strahlte den Dieb an, als wäre er sein liebster Freund, und plapperte wild drauflos. "Oh, I can't believe you're here! Were you looking for us? Did you realize we'd gone? Simon and I just wanted to go for a little night walk, because, you know, he believes in werewolves and vampires, and I wanted to prove to him that they don't **exist**, and we got completely lost, and … and I'm so happy to see you here! Are we far from the camp?"
Simon nickte und starrte abwechselnd Moritz und den Dieb an. "Yes – shit! We thought we'd have to go to the next village – I mean, if there is one nearby – but now you're here, **thank God**. It's really good to see you!"
Nach einer kleinen Pause, in der Mo sich fast vor Angst in die Hose machte, nickte der Dieb lächelnd. "Well, I couldn't sleep last night, either", erklärte er.

---

spread out uns verteilen
exist existieren
thank God Gott sei Dank

Moritz und Simon grinsten und nickten um die Wette. Der Täter drehte sich um und ging los. "Follow me, I'll take you back to the camp."
Moritz und Simon sahen sich fragend an. Hatte er vielleicht Verdacht geschöpft? Würde er sie wirklich zum Camp führen oder direkt zurück in die Arme der Diebesbande? Simon und Mo blieb nichts anderes übrig, als zu hoffen, dass er sie nicht durchschaut hatte. Und so liefen sie hinter ihm her.

Janina und die anderen kehrten unverrichteter Dinge zum Camp zurück, nachdem sie auch die Umgebung des Sees abgesucht hatten. Was sollte Janina nur tun? Ihr Herz raste ebenso wie ihre Gedanken. Die Vorstellungen, was Mo und Simon alles zugestoßen sein konnte, waren schrecklich. Janina wollte sofort alle anderen wecken und ihren Bruder suchen: Keine Sekunde Zeit war zu verlieren!

Mo und Simon taperten durch den Wald. Der Dieb drehte sich kein einziges Mal um. Mo platzte fast vor Angst. Aber plötzlich lichtete sich das Dickicht des Waldes und er erblickte das Camp. Es lag still da, fast wie ausgestorben, und Mo hätte Luftsprünge machen können vor Freude. Der Dieb drehte sich um und grinste ihnen freundschaftlich zu. "Sleep well!", flüsterte er und lief leise zu seinem Zelt.

Mo und Simon sahen sich ungläubig an. Sie waren wahnsinnig erleichtert – und todmüde. Nun, da sie wussten, wer der Dieb war, und da anzunehmen war, dass auch er nun ein paar Stunden schlafen würde, gab es eigentlich keinen zwingenden Grund, die anderen sofort zu wecken. Also schlüpften sie in ihr Zelt und fielen gleich in einen tiefen Schlaf.

"Mo! Ich fass es nicht, Mo! Du bist da!" Janina musste ihren Bruder anfassen, das war doch wirklich unglaublich: Da lag er in seinem Schlafsack und schlief wie ein Murmeltier, Simon neben sich.
Die anderen drängelten sich um den Zelteingang und stießen Janina an.
"Mo, wach auf!", rief sie. "Was ist passiert? Wo seid ihr gewesen? Wie seid ihr zurückgekommen? Wach auf!"
Mo blinzelte und rollte sich zur Seite. "Ich erzähl's dir später, bin viel zu müde!"
Janina konnte nicht glauben, dass er einfach weiterschlafen wollte. Aber sie war überglücklich, dass er und sein Freund heil zurückgekehrt waren – das war die Hauptsache. Alles andere konnte wirklich nachher geklärt werden.
Plötzlich verspürte Janina einen Bärenhunger. Und es war unglaublich, aber vom Küchenzelt her duftete es schon wieder verführerisch nach frischen Brötchen.

Holidays at Last

"We know who it is."
Geheime Sitzung in Emmas Küchenzelt. Emma, Paul, Giovanni, Patricia, Betty und Marc und die vier Mädchen schauten Moritz und Simon erwartungsvoll an.
"We know who stole all those things from our camp. But there are more kids stealing in this **area**. It's a whole **gang** of very young thieves, and it looks as if they all work for one man."
Alle starrten die beiden erwartungsvoll an.
"Why **are** you **staring at us** as if we were in a zoo?", fragte Simon verwirrt.
"Well, you haven't told us *who* it is", sagte Janina. Wie konnten die beiden es nur so spannend machen! Sie platzte fast vor Neugier.
"You'll never **guess**", flüsterte Mo, und die Spannung im Küchenzelt war mindestens so geladen wie die beim Gewitter.
"Who is it?!"
"It's … Steven!"

---

at last endlich
area Gegend
gang Bande
are staring at us starrt uns an
guess erraten

Tagebucheintrag von Janina am späten Abend des dritten Tages:

"Liebes Tagebuch! Gestern konnte ich nichts schreiben, es war so viel los hier! Zuerst sind immer mehr Sachen verschwunden, und dann wurden Mo und ich beschuldigt, die Diebe zu sein. Das musst du dir mal vorstellen. Es war schrecklich, und ich hoffe, dass mir so etwas niemals wieder passiert.

Aber glücklicherweise hatten Mo und ich schon ganz tolle Freunde, und die haben uns geholfen. Und da war dieser Junge, Steven. Der war die ganze Zeit so nett zu Mo und mir, und ich dachte, er wäre auch ein Freund. Er hat Mo geholfen. Und ich hätte niemals gedacht, dass er ein Dieb ist! Ja, du hast richtig gelesen, er ist der Dieb. Ich weiß aber ganz sicher, dass er mich und Mo mag, und er hat uns auch nie etwas geklaut.

Die Polizei hat sich gefreut, weil sie diese Bande schon seit langer Zeit gesucht hat. Und der Chef der Bande war Stevens Vater, das muss man sich mal vorstellen! Armer Steven. Naja, jetzt ist sein Vater im Gefängnis. Giovanni hat Steven angeboten, ihm zu helfen. Giovanni ist super.

Alle Erwachsenen hier sind super. Sogar Betty und Marc haben sich auf einmal total verändert. Sie haben begriffen, dass wir sie verdächtigen mussten, weil sie so seltsam waren. Betty hat sich bei allen entschuldigt! Aber Paul und Emma sind die Besten! Sie haben Steven einen Job angeboten! Einen Job, hier im Camp! Und

ich glaube, er wird es machen. Sie werden gut auf ihn aufpassen und das können sie der Polizei auch ganz bestimmt klar machen. Und dann wird er zurückkommen in unser Camp. Darüber würde ich mich sehr freuen.
Aber jetzt freue ich mich erst mal, weil wir noch so irre viel Zeit hier haben und ich habe so viel vor: Schwimmen, Floß bauen, kochen mit Emma, oder Geschichtenerzählen mit Betty. Ach, ich glaube, ich mache einfach alles! Holidays at last!"